Heidemarie Steigerwald

Eins, zwei, drei, vier, fünf, sechs, sieben
Eine fröhliche Kindheit

novum pro

www.novumverlag.com

Bibliografische Information
der Deutschen Nationalbibliothek:

Die Deutsche Nationalbibliothek
verzeichnet diese Publikation in
der Deutschen Nationalbibliografie.
Detaillierte bibliografische Daten
sind im Internet über
http://www.d-nb.de abrufbar.

Alle Rechte der Verbreitung,
auch durch Film, Funk und Fernsehen,
fotomechanische Wiedergabe,
Tonträger, elektronische Datenträger
und auszugsweisen Nachdruck,
sind vorbehalten.

© 2022 novum Verlag

ISBN 978-3-99107-948-4
Lektorat: Hannah Lackner
Umschlagfoto: Edelgard Moskaliuk
Umschlaggestaltung, Layout & Satz:
novum Verlag
Innenabbildungen:
S. 7, 9, 21, 35, 42, 72, 75
© Edelgard Moskaliuk
S. 12 © Heidemarie Steigerwald
S. 27, 44, 54 © Herbert Glücks
S. 50 © Heinrich Glücks
Autorenfoto: Heidemarie Steigerwald

Gedruckt in der Europäischen Union
auf umweltfreundlichem, chlor- und
säurefrei gebleichtem Papier.

www.novumverlag.com

„Vergass dei Hamit net", dieser Spruch stand eingraviert auf einem mit Blumen bemalten Holzteller. Eine liebe Frau aus der Gemeinde überreichte uns diesen Schmuckteller zum Abschied von Dierdorf. Meine Heimat vergessen? Nein, das würde nie geschehen. Dort in Dierdorf hatte ich eine überaus wichtige und schöne Zeit meines Lebens verbringen dürfen: Meine Kindheit. Davon soll in meinem Buch die Rede sein. Die Leserschaft möchte ich mitnehmen in den Alltag einer Familie mit sieben lebhaften Kindern. Dabei fällt der Lichtkegel auf das Mädchen Marie mit den langen Zöpfen und den wachen, blauen Augen, die voller Neugier ihre kleine Welt erobert.

Und nun sind wir schon mitten im Geschehen. Ein weißer VW-Käfer biegt in die Pfarrstraße ein. Eine Hand voll Kinder drückt sich die Nasen am Autofenster platt. „Vati, sind wir gleich da?" „Ja, seht ihr am Ende der Straße das weiße große Haus? Das ist unser neues Zuhause." Auf dem weitläufigen Platz vor dem Haus hält Vater an. Aus dem Wagen springen eins, zwei, drei, vier, fünf Kinder. Sie mögen zwei bis dreizehn Jahre alt sein. Die Mutter trägt das sechste auf dem Arm, es ist während der langen Fahrt eingeschlafen. Das siebente Kind lässt noch auf sich warten. Aber da steht der Möbelwagen vor der Eingangstür, die Möbelpacker schleppen ächzend die letzten Tische und Stühle ins Haus. Bald sind sie fertig und der Lastkraftwagen fährt fort. Nun ist der Blick frei auf die Eingangstür. Drei Treppenstufen führen zu einer schweren Holztür mit zwei Flügeln. Aber was ist das? Einige Männer und Frauen stellen sich in zwei Reihen auf die Stufen, und nun ertönt ein lauter und schöner Gesang „Lobet den Herren, alle, die ihn ehren ..." Marie kennt dieses Lied gut und möchte am liebsten mitsingen. Nun vernimmt sie Vatis wohlklingende, alles übertönende Stimme. Da singt auch Marie freudig mit. „Das ist aber ein schöner Empfang", hört sie Vati sagen. „Wenn der Kirchenchor uns ein so fröhliches Loblied singt." Da tritt ein Mann vor und richtet ein paar Worte an die Familie: „Liebe Pfarrersfamilie, wir freuen uns sehr, dass Sie heute in das Pfarrhaus einziehen. Wir wünschen Ihnen, lieber Herr Pfarrer, eine gesegnete und glückliche Zeit in unserer Gemeinde." So oder ähnlich werden die Begrüßungsworte geklungen haben. Dann überreicht eine Frau unserer Mutter ein Bauernbrot und ein Päckchen Salz. Das ist ein guter alter Brauch beim Einzug in ein Haus, insbesondere auf dem Land. Endlich ist es soweit, die Familie darf ihr neues Zuhause beziehen. „Langsam Kinder", sagt Vater, dabei würde Marie gerne so schnell wie möglich das Kinderzimmer sehen. Aber zuerst werden die Räume im Erdgeschoss begutachtet: Das geräumige Esszimmer, die zweckmäßig eingerichtete Küche, ein gemütliches Wohnzimmer mit Kachelofen und Vatis Arbeitszimmer. Ich sehe im Geiste Vati an seinem großen Schreibtisch sitzen, er denkt angestrengt nach, während er an seiner dicken Zigarre zieht. Das ganze Zimmer ist mit Qualm erfüllt, der Duft der guten Havanna-Zigarre steigt mir noch heute in die Nase und erinnert mich an glückliche Tage. Aber die Hausführung ist ja noch nicht zu Ende. Geradeaus ist die Tür zum Garten, und schon wollen die Kinder losstürmen. Ja, den Garten möchten wir natürlich sofort anschauen. Dazu ist es aber zu spät, die Dunkelheit bricht schon herein. Morgen ist dafür auch noch Gelegenheit.

Eine breite knarrende Holztreppe führt in das obere Geschoss des Hauses. Wie oft sind wir Kinder diese Treppe wagemutig hinuntergesprungen oder am Geländer bis nach unten gerutscht! Im ersten Stockwerk des Hauses sind die Schlafräume: Ein Kinderzimmer für die drei Kleinsten in der Familie, ein „Eckzimmer", das Maries ältere Schwester beziehen darf, ein Elternschlafzimmer und zwei Räume für die Buben. An Platz mangelt es also wirklich nicht, aber zum Toben und Herumtollen kann die Wohnung nicht groß genug sein. Mutti bringt die Kinder zu Bett. Das Abendessen gibt es für die drei Mädchen im Zimmer. Marie ist glücklich und zufrieden, aber auch sehr müde. Das war ein aufregender Tag!

Am nächsten Morgen hört man vom nahen Kirchturm ein Glockengeläut. Marie wacht auf, sie läuft ans Fenster und schaut hinaus. Ihr wird schnell bewusst: „Ach, ich bin ja in einem neuen Zuhause." Sie kann die ganze Pfarrstraße einsehen und den schmalen Weg zur Kirche, der sich unweit vom Pfarrhaus befindet. Inzwischen sind auch ihre Geschwister wach geworden. Jetzt aber schnell aufgestanden, es gibt noch viel Neues zu entdecken. Mutti ruft schon zum Frühstück. Die gemeinsamen Mahlzeiten nimmt die Familie im Esszimmer ein. Vati schneidet das knusprige Bauernbrot in dicke Scheiben, dazu gibt es Butter und selbstgemachte Marmelade, frische Bauernmilch mit oder ohne Kakao. Das schmeckt allen gut.

Marie ist schon ganz zappelig, sie möchte am liebsten gleich aufspringen und den Garten anschauen, aber das geht nicht, frühzeitig vom Tisch aufstehen. Die Eltern legen großen Wert auf das gemeinsame Tun in der Familie. Nach dem Morgengebet und einem Lied sagt Vati: „Kinder, zieht euch warm an, noch ist es recht kalt, und dann hinaus in den Garten mit euch." Marie steht schon fertig da, sie ist ganz gespannt auf ihre neue Umgebung. Und was es da alles zu entdecken gibt: Eine geräumige Terrasse für gemütliche Sommertage, eine große Wiese mit Obstbäumen, ein Feld für den Gemüseanbau, verschiedene Blumenbeete, ein Rosengarten, Büsche und Bäume und drum herum eine hohe Steinmauer. Da sind mehr als genug Möglichkeiten für die Kinderschar, zu spielen und sich auszutoben. Das ist ja ein wahres Paradies! Ja, das war es wirklich für uns Kinder. Täglich dachten wir uns neue Spiele aus. Wir spielten Verstecken und Nachlaufen, machten Ballspiele, bauten uns abenteuerliche Buden in den Kletterbäumen und dachten uns Rollenspiele aus. Als Vati noch eine große Schaukel bauen ließ, war die Freude groß. Marie schaukelte um ihr Leben gern, da konnte sie in die Höhe fliegen, fast bis in die Wolken, stellte sie sich vor. Das Mädchen Marie war im Spiel sehr einfallsreich und steckte mit ihrer großen Fantasie ihre jüngeren Geschwister mit an. Die Kleinen bekamen manchmal richtige Angst, wenn Marie es zu heftig trieb: „Achtung, die Indianer kommen, schnell rudert so rasch ihr könnt, sie sind hinter euch her", so trieb sie die kleinen Geschwister an. Wer würde sich da nicht ängstigen und um sein Leben kämpfen? Zum Glück hatten die Rollenspiele doch ein friedvolles Ende. „Heute spielen wir Schule", so verkündete Marie eines Tages. Schon wurden provisorische Schultische und Bänke aufgestellt. Die gestrenge Lehrerin Marie bringt den Kindern das Lesen, Schreiben und Rechnen bei und vor allem das ordentliche und richtige Verhalten in der Schule. Woher sie das wohl hat? Ihr Bruder kommt dazu und will auch mitspielen. „Aber nur, wenn du dich hier ordentlich benimmst", meint Marie. Als hätte sie es geahnt, wird es dem Bruder bald langweilig, er versucht, das ernste Schulgeschehen zu stören. Da hat er aber nicht mit der resoluten Marie gerechnet. Die Lehrerin lässt nicht mit sich spaßen. „Hier werden jetzt keine Faxen gemacht, hier wird gelernt!" Sie schlägt zur Unterstreichung ihrer Worte mit dem Zeigestock auf den Tisch. Der Bruder zieht es doch lieber vor, das Weite zu suchen und etwas Lustigeres zu spielen.

Die gespielte Schulszene erinnert an das nächste einschneidende Ereignis in Maries Leben: Der Eintritt in die Schule. Damals war es noch üblich, die Schulanfänger vor Ostern einzuschulen, es war genau der erste April. Marie, wie könnte es anders sein, freute sich auf das Lernen in der Schule. Bisher hatte Mutti die Bilderbücher vorgelesen und Geschichten erzählt. Nun war Marie begierig darauf, endlich das Lesen zu lernen. Sie wollte doch die schönen Bücher und Geschichten selber lesen können. Der ereignisreiche Tag rückte immer näher. Natürlich war das Mädchen ziemlich aufgeregt. Wie würde nur alles werden? Ob die Lehrerin lieb und nett ist oder gar streng und ungerecht? Für den Tag der Einschulung hatte Mutti besonders schöne Anziehsachen für Marie besorgt: Ein Trachtenröckchen, dazu eine weiße Bluse und eine Trachtenjacke mit Blumen bestickt. Ich sehe die kleine Marie mit ihren frisch geflochtenen Zöpfen, einem Ranzen auf dem Rücken, eine bunte Schultüte im Arm, nun doch etwas still und ängstlich an der Hand von Mutter. Vor der Schultüre drängten sich schon andere ABC-Schützen mit ihren Müttern. Jetzt ging es ins Klassenzimmer, dort wartete die Lehrerin auf ihre Neulinge.

Der erste Eindruck, den man von einem Menschen gewinnt, ist oft der alles Entscheidende. Was ging wohl in Marie vor, bei der ersten Begegnung mit ihrer Lehrerin? „Sie sieht ganz schön streng aus, naja, sie ist auch schon älter und hübsch ist sie auch nicht", so oder ähnlich wird Maries Urteil ausgefallen sein. Und jetzt hörte sie die Lehrerin sprechen, sie hieß Frau Stumm. „Die beiden Buben setzen sich auf diese Bank." Aha, nun wurden den Kindern die Plätze zugewiesen. „Die Geschwisterkinder, Marie und Christian, kommen hierhin auf die erste Bank." Ach so, ich habe ganz vergessen zu erwähnen, mein Bruder wurde mit mir eingeschult, er durfte noch ein Jahr länger unbeschwert Kind sein. Nach der Platzzuweisung fing nun endlich die Schule an. Die Eltern mussten natürlich zuvor das Klassenzimmer verlassen. Sie taten es mit zum Teil besorgten Gesichtern. „So Kinder, jetzt seid ihr in der Schule", hörte Marie die Lehrerin sagen. „Ich hoffe, ihr habt euch auf die Schule gefreut. Wer gut folgt, der kann bald lesen, rechnen und schreiben. Wir fangen mit dem Lesen und Schreiben an. Ich schreibe euch einen Buchstaben an die Tafel. Das ist das kleine i, ein Strich mit einem Punkt darauf. Holt eure Tafel heraus und schreibt das i darauf, die ganze Tafel voll." Oh, das ist anstrengend! Schon bald fühlte sich der Arm schwer an. Aber irgendwann ist die Tafel vollgeschrieben mit dem kleinen i. „Und nun nehmt ihr euren Zeichenblock und malt ein schönes Bild vom Osterhasen, es ist ja bald Ostern." Diese Aufgabe erschien Marie recht schwer. Sie malte zwar sehr gerne, aber einen Osterhasen mit seinen langen Sprungbeinen und den Hasenohren hatte sie noch nie gemalt. Sie fühlte sich der Aufgabe nicht gewachsen. Hilfesuchend schaute sie ihren Bruder an. Auch er schüttelte den Kopf. Und ich weiß nicht, wer zuerst anfing: Aber da kullerten auf einmal Tränen aus Maries Augen auf ihr Zeichenblatt, und jetzt fing der sonst so pfiffige Bruder auch an zu weinen. Die Lehrerin bemerkte die weinenden Geschwisterkinder. „Was fehlt euch denn?", fragt sie die beiden. „Wir können keinen Hasen malen", stieß es unter Schluchzen aus Marie hervor. „Ach", sagte Frau Stumm „das haben wir gleich. Schaut her! Der Bauch ist ein Kreis, der Kopf ist ein Kreis, die Hasenohren darauf, ein kleiner Kreis als Schwanz, zwei Pünktchen die Augen. Ein Strich die Nase, fertig ist der Osterhase." Marie und ihr Bruder schauten verblüfft. So einfach geht das, wir dachten, es solle ein springender Hase auf dem Feld sein, ein der Wirklichkeit entsprechendes Tier. Solch einen einfachen Hasen hätten wir auch geschafft. Diese Gedanken äußerten sie wohlweislich nicht vor der Lehrerin, die doch so hilfreich war. Im Nu war die Schulstunde vorbei und es hieß: „Kinder, jetzt dürft ihr wieder nach Hause gehen. Morgen lernen wir weiter. Hoffentlich hat es euch heute in der Schule gefallen." Naja, dachte Marie, in meiner Spielschule geht es lustiger zu. Meine kleinen Schüler dürfen Geschichten erzählen, Bilderbücher anschauen und fröhliche Lieder singen. Die sechsjährige Marie war der damaligen Unterrichtsmethodik und Didaktik wohl schon voraus, indem sie in ihrem Spiel einen ganzheitlichen Unterricht praktizierte.

Nun ist Marie eine Schülerin geworden, mit manchen Verpflichtungen und Aufgaben. Sie lernt fleißig, macht ihre Hausaufgaben gewissenhaft und hört im Unterricht voller Aufmerksamkeit zu. Es würde mich nicht wundern, wenn sie schon nach kurzer Zeit eine gute Lesefertigkeit erworben hat. So kann sie doch endlich die schönen Bücher über Tiere und Pflanzen lesen, die zu Hause im Bücherschrank stehen. Daheim sitzt Marie jetzt oft in einer ruhigen Ecke, wenn es die überhaupt in diesem Haus mit den lebhaften Kindern gibt, und ist in ein Buch vertieft. Wenn Mutti dazukommt, sagt sie: „So, Marie, jetzt liest du noch zwei Seiten und dann gehst du hinaus an die frische Luft zum Spielen." Mutti ist es immer wichtig, dass die Kinder sich viel im Freien bewegen und frische Luft tanken. Und das tun wir Kinder auch. Inzwischen hat sich das Spielumfeld vergrößert, nachdem die Geschwister den Garten erobert haben, geht es hinaus auf den großen Pfarrhof. Dort treffen sie auf einige Nachbarskinder, mit ihnen werden Spiele ausgedacht wie „Büchsenpeter" oder „Alle frei". Zuerst haben wir allerdings einige Schwierigkeiten in der Verständigung. Den Westerwälder Dialekt zu verstehen, geschweige denn zu sprechen, ist nicht so einfach. Aber Kinder lernen eine Sprache oft leichter als die Erwachsenen. Marie übernimmt recht schnell den typischen „Singsang" im Westerwälder Dialekt, und schon bald heißt es nach jedem Satz „gell". Aber nun lassen wir das Mädchen jeden Tag fröhlich zur Schule gehen und fleißig lernen. Nur hin und wieder werfen wir einen Blick ins Klassenzimmer, um zu sehen, wie es Marie geht.

Schauen wir doch der Kinderschar auf dem Pfarrhof noch eine Weile zu. Beim Spiel mit den Nachbarskindern geht es manchmal recht laut zu. Da hört man ein durchdringendes Rufen „Alle frei!" oder „Alle ins Versteck!" Manchmal geht dann das Fenster von Vatis Arbeitszimmer auf und eine laute Stimme ruft: „Kinder, könnt ihr etwas leiser spielen?" Ach, richtig, es ist Samstag und der Herr Pfarrer, unser Vater, macht die Predigt. Da heißt es, leise zu sein und Rücksicht zu nehmen. Die Kinder brechen ihr Spiel lieber ab, es ist sowieso Zeit, ins Haus zu gehen, es wird ja schon dämmerig.

Bald ist Ostern, ein Fest, auf das sich alle freuen. In der Woche vor dem Osterfest hat Vati viele Gottesdienste zu halten. Da gibt es Tage, die heißen „Gründonnerstag", „Karfreitag", und „Karsamstag", erfährt Marie. Vati erklärt uns auch, was ein „Abendmahl" ist. Nur eigenartig ist es, dass dieses „Abendmahl" morgens gefeiert wird. Für das besagte Mahl bedarf es einiger Vorbereitungen, an denen wir Kinder wesentlich mitbeteiligt sind. Vati hat beim Bäcker ein frisches Weißbrot in Kastenform bestellt. Dieses muss in kleine Würfel geschnitten werden. Ich sehe uns Geschwister um den Tisch herumsitzen. Vater nimmt ein scharfes Brotmesser und schneidet zunächst die dunklere Rinde des Brotes ab. Auf diesen Moment haben wir gewartet. Reihum fällt für jeden ein Stück knusprige Brotrinde ab. Auch Marie bekommt ihren Teil. Wie gut eine Brotkruste schmecken kann! Vati hat inzwischen das übrige Weißbrot zurechtgeschnitten, jetzt schichtet er die Brotwürfel fein säuberlich auf einen Silberteller. So, geschafft, die Gemeinde kann zum Tisch des Herrn kommen und das Abendmahl miteinander feiern. Im Gottesdienst legt Vati jedem Gottesdienstbesucher ein Stück Brot in die offene Hand mit den Worten: „Jesus Christus spricht, dies ist mein Leib, der für euch gegeben ist, solches tut zu meinem Gedächtnis." Auch wenn Marie diese Worte noch nicht versteht, sie fallen doch tief in ihr Herz. Nach einer ruhigen und besinnlichen Karwoche, ist endlich das Osterfest gekommen, und mit ihm erinnert man sich an die guten alten Bräuche wie Ostereierfärben, Palmzweige schmücken, Osterkörbchen basteln, einen Hefezopf backen, Osternester im Garten vorbereiten in der Hoffnung, dass der Osterhase sie entdeckt und etwas Gutes hineinlegt. Marie weiß nicht so recht, ob sie an den Osterhasen glauben soll. Aber sie malt viele schöne Frühlingsbilder mit Osterhasen darauf. Inzwischen kann sie lustige Hasen ganz gut malen, auch wenn es nur schablonenhafte Tiere sind.

Es ist Ostermorgen, die Sonne scheint warm und hell. Im Haus der Pfarrersfamilie hört man schon zeitiger als sonst Wasser rauschen, Treppen knarren und Türen zuschlagen. Auch Marie ist früher wach als sonst. Auf Zehenspitzen schleicht sie ins Badezimmer. Von dort kann sie in den Garten schauen. Ob der Osterhase schon da war? Da sieht sie Vati an der Mauer, er hat etwas Buntes in der Hand, es könnte ein Osterei sein, und er steckt es in eine Mauerritze. Auf der Terrasse bückt er sich und versteckt ein weiteres Ei zwischen den Osterglocken. Also, dann ist Vati der Osterhase, von dem die Erwachsenen immer so heimlich reden! Jetzt weiß Marie Bescheid. Inzwischen sind alle Familienmitglieder erwacht. Die Kinder können es gar nicht erwarten, Osternester und Ostereier zu suchen. Nun ist es endlich soweit, alle Kinder strömen aus und suchen in den entlegensten Ecken nach den bunten Ostereiern. Jedes Kind findet ein Osterkörbchen. „Da hat es aber der Osterhase gut mit euch gemeint", sagt Mutti. Marie entgegnet nichts und lässt sich auch nichts anmerken, sie ist nur etwas nachdenklicher als sonst. Nach der Ostereiersuche gibt es ein gutes, reichhaltiges Osterfrühstück. Die ganze Familie stimmt in ein fröhliches Lied ein: „Ostern ist heut, wir sind erfreut, weil der Herr Jesus Christ heut auferstanden ist".

Das ist ein Grund zur Freude! Neues Leben ist erwacht, auch in der Natur. Im Garten sind die ersten Frühlingsboten zu sehen, gelbe Winterlinge und Schneeglöckchen, aber hier im Westerwald dauert der Winter länger an, so erklärt es uns Vati. „Heute Nachmittag machen wir einen schönen Ausflug in den Wald, dann zeige ich euch eine Stelle, wo ganz viele Märzenbecher wachsen und blühen." Nach der Mittagspause heißt es: „Alle ins Auto einsteigen! Es geht los!" Marie freut sich sehr, denn den Wald liebt sie über alles. Dort riecht es so gut nach frischem Moos, nach Tannen und Pilzen. Die Fahrt dauert nicht lange. Alle steigen aus, und schon wandert die Familie auf einem schmalen Waldweg tiefer in den Wald hinein. Auf einmal ruft Mutti: „Schaut doch mal, Kinder, rechts und links am Weg sehe ich etwas blitzen, ich glaube, der Osterhase hat hier auch bunte Eier versteckt." Und tatsächlich, Marie findet als Erste kleine Schokoladeneier im Gestrüpp und einen Hasen aus Schokolade. Jetzt kommt das Mädchen sehr ins Grübeln. Es gibt also doch einen Osterhasen, er lebt wirklich hier im Wald! Nun ist die Welt für Marie wieder in Ordnung und sie springt vor lauter Freude um

Mutti herum. Wenig später zeigt Vati den Kindern die blühenden Märzenbecher. Ein ganzer Hang ist damit bewachsen. Wie schön doch die Natur ist!

Fast jeden Sonntag unternimmt die Familie einen Ausflug in die nähere Umgebung. Den Eltern ist es wichtig, uns Kindern die Schönheiten der Natur zu zeigen, wir sollen diese mit allen Sinnen erfahren und erleben.

Inzwischen hat der Frühling auch im letzten Winkel des Westerwaldes Einzug gehalten. Im Garten entfaltet sich eine Vielzahl von Blumen: Tulpen, Narzissen, eine ganze Wiese voll Gänseblümchen, später dann Rosen in verschiedenen Farben, ein Strauch Heckenrosen, hoch gewachsener Rittersporn, Goldlack, Margeriten. In seiner freien Zeit arbeitet Vati gerne im Garten, er gräbt die schwere Erde im Gemüsegarten um, beschneidet die Rosenstöcke, entfernt Unkraut, sät und pflanzt. Darin ist er uns Kindern ein großes Vorbild. Ernten tut unser Vater besonders gern. Wenn er mit einer ganzen Schüssel voll frischer Erdbeeren in der Küche erscheint, ist unsere Mutter hoch erfreut und spart nicht mit anerkennendem Lob. Am Nachmittag gibt es einen frischen Erdbeerkuchen und alle sind glücklich.

Eines Tages schlägt uns Vati vor: „Wie wäre es Kinder, wenn jeder von euch ein kleines Beet im Garten selber abstecken und bepflanzen würde? Schaut, hier unterhalb der Terrasse ist ein geeigneter Platz frei." „Ja, das ist eine gute Idee, das machen wir, Vati!", ruft auch Marie begeistert. Und so wird jedem Kind ein Beet abgeteilt. Für dieses Stück Erde ist es nun ganz alleine verantwortlich. Welch pädagogisch wertvolle Erziehungsmaßnahme von Seiten unserer Eltern!

Marie hat schon eine Vorstellung, wie ihr kleines Beet aussehen soll. Sie will ihre Lieblingsblumen säen, Rittersporn und Margeriten. Außerdem braucht sie im Hintergrund einen Stock Kletterrosen. Ja, einen kleinen Teich soll ihr Garten auch haben. Da hat sie schon eine geniale Idee. Sie sucht im Keller nach einer leeren, kleinen Fleischkonservendose, gräbt diese in ein Erdloch, sodass nur noch der Rand der Dose zu sehen ist. Dann füllt sie ihren „Teich" mit Wasser und lässt ein paar Blätter als Seerosen darauf schwimmen. Das sieht fast echt aus, denkt Marie. Aber jetzt fehlt noch ein Gartenzwerg, am besten eine kleine Figur, die am Rande ihres Teiches sitzt und angelt. Im Haushaltswarengeschäft hat sie ähnliche Zwerge gesehen. Sie bittet Mutti um etwas Geld und marschiert los. Tatsächlich findet sie eine kleine Tonfigur, sitzend und mit einer Angel in der Hand, die ihren Vorstellungen entspricht. Marie findet ihr Beet rundherum schön. Wenn doch nur bald die Blumen blühen würden! Täglich gießt die kleine Gärtnerin ihr Beet, das sie noch mit Steinen eingefasst hat. Und wirklich, im Sommer blühen blaue, weiße und rote Blumen auf ihrem Stückchen Erde, und der putzige Zwerg angelt unermüdlich dazu.

„Komm, lieber Mai und mache die Bäume wieder grün …" So höre ich Mutti in der Küche singen. Unsere Eltern haben viel und oft mit uns gesungen, bei jeder Gelegenheit, und so lernten wir viele wertvolle Lieder kennen. Für diesen „Schatz" an Liedern bin ich unendlich dankbar. Lieder können in manchen Situationen sehr hilfreich und wegweisend sein.

Ach ja, wir wollten doch ab und zu ins Klassenzimmer schauen, um zu sehen, wie es dem Mädchen Marie geht. Aus der kleinen Marie ist ein größeres Mädchen geworden, das zielstrebig und verantwortungsvoll seinen Weg geht. Wenn ich richtig sehe, steht nicht Frau Stumm im Klassenzimmer, die Erstklassenlehrerin vor den Schülern, sondern ein Lehrer. Er scheint noch jung zu sein und hat einen fröhlichen Gesichtsausdruck. Richtig, der neue Lehrer ist ein Referendar, der sich auf das Lehramt vorbereitet. Marie ist ganz glücklich, diesen Lehrer zu haben, er ist stets freundlich und lustig und kann die Schulkinder leicht zum Lernen motivieren. Das Mädchen verehrt diesen Lehrer geradezu und errötet, wenn sie ihn im Dorf antrifft. Leider konnte dieser Junglehrer nicht lange an der Schule bleiben.

„Darf ich auch einmal deine Hefte anschauen, Marie?", so wird sie eines Tages von Muttis Freundin gefragt. „Ja, natürlich. Hier ist mein Rechenheft." „Oh, ihr rechnet ja schon mit ‚Geteilt durch'!". „Ja, und hier ist mein Schönschreibheft." „Deine Schrift ist wirklich schön. Da ist noch ein Heft mit rotem Umschlag." „Das ist das

Heft für Aufsätze." „Du hast ja schon einen Aufsatz geschrieben, Marie. Was ich einmal werden möchte." Das ist nicht schwer zu erraten. Da steht mit großen Buchstaben: „Ich werde Lehrerin." Marie wusste schon als Sechsjährige, was sie in ihrem Leben einmal tun würde: Kindern das Lesen, Schreiben und Rechnen beibringen. Und so steht es in ihrem Aufsatz: „Die Schulkinder sollen auch viele Lieder lernen, sie müssen den Westerwald mit seinen Tieren, Pflanzen und Bergen kennenlernen. Ich will den Schülern Geschichten erzählen, auch die von Jesus und seinen Wundern." Der Aufsatz schließt mit der Aussage: „Ich weiß noch nicht, ob ich in die Volksschule gehe oder in die Höhere Schule." Der Lehrer hat bei der Korrektur das „*in*" rot unterstrichen. Er erklärt es Marie so: „Als Schüler gehst du *in* die Schule, als Lehrer unterrichtest du *an* einer Schule." Das begreift das Mädchen jetzt noch nicht, irgendwann wird sie auch dies verstehen. „Danke, Marie, dass ich deine Hefte anschauen durften. Nun folge dem Unterricht wieder aufmerksam." Das braucht man Marie nicht zweimal zu sagen. Sie hört sehr konzentriert zu, wenn der Lehrer spricht, leider beteiligt sich die Schülerin kaum am Unterricht. In ihrem Zeugnis steht regelmäßig unter Mitarbeit: „Sie ist zu still. Den Lehrern gelingt es nicht, das Mädchen aus der Reserve zu locken und ihr Selbstbewusstsein zu stärken." Wenn die Lehrer wüssten, wie lebhaft, laut und selbstbewusst Marie daheim auftritt im geschützten Kreis ihrer Familie. Sie würden das Kind nicht wiedererkennen. Marie jedoch wird ihren Weg zielstrebig finden.

Es ist der erste Mai, ein schulfreier Tag, das heißt Freiheit von allen Pflichten und Arbeiten des Alltags. Die Pfarrersfamilie plant wie immer einen schönen Ausflug. Schon werden Vorbereitungen dafür getroffen. Wir brauchen zwei Klappstühle als Sitzgelegenheit für die Eltern, einen kleinen Campingtisch, Wolldecken und eine Luftmatratze. Die Brote werden morgen Früh von Vati geschmiert. Mutti brät die Fleischfrikadellen für das Picknick. Wir Kinder sind ganz aufgeregt vor lauter Vorfreude. Mutti sagt: „Morgen dürft ihr eure kurzen Söckchen anziehen, es soll schön und warm werden, aber eine Jacke nimmt jedes Kind mit." Das ist das Schönste, wenn Marie endlich die langen Strümpfe ausziehen darf, sie rutschen ständig und sind sehr lästig. Am ersten Mai ist die ganze Familie früh wach, denn es soll zeitig losgehen. „Wir fahren ins Ginstertal", sagt Vati „Mal sehen, ob der gelbe Ginster schon blüht." Am Waldrand weiß Vater eine schöne Stelle, wo die Kinder gut spielen können. Es dauert eine Weile, bis alles im Auto verstaut ist. „Nun aber einsteigen", drängt Vater. Aber unsere Mutter muss noch einmal ins Haus, sie hat ihre Tasche vergessen. Endlich kann es losgehen. Kaum sind wir aus dem Dorf, stimmt unser musikalischer Vater lustige Wanderlieder an: „Das Wandern ist des Müllers Lust", „Auf du junger Wandersmann", „Lustig ist das Zigeunerleben". Wir singen von jedem Lied alle Strophen. Marie singt voller Begeisterung mit und prägt sich Melodie und Text rasch ein. Durch das Singen vergeht die Zeit schnell und die Familie ist am Ziel. Vati parkt auf einem Wanderparkplatz. „Alle aussteigen, wir sind da! Hier beginnt das Ginstertal und weiter oben seht ihr schon den Wald." Jeder von uns trägt etwas von den Campingsachen, eine Tasche oder einen Klappstuhl. Marie hat sich die Wolldecken zum Tragen gewählt, die sind so kuschelig und warm. Jetzt setzt sich die kleine Karawane in Bewegung. Mal sehen, ob der Ginster schon blüht, denkt Marie, sonst heißt das Tal umsonst „Ginstertal." Und tatsächlich, die ersten gelben Blüten sind an den Ginsterbüschen zu sehen. Wenn die Sonne warm scheint, wagen sich die Blüten hervor. Auf dem letzten Stück steigt der Weg etwas steiler an, aber das schaffen die Kinder schon. „Seht ihr die hohe Tanne dort oben, wer von euch ist wohl als Erster dort?", fragt Vater. Schon rennen die Kinder los und erreichen mühelos den Wald. Das war ganz schön schlau von Vati, denkt sich Marie, er wollte uns nur anfeuern, um das letzte Stück Weg ohne Mühe zu gehen. Den Trick merke ich mir. Nun ist die Familie am Waldrand angekommen. Dieser Platz ist wie geschaffen zum Campieren. Wir machen es uns so gemütlich wie möglich. Der Campingtisch wird aufgestellt, die Luftmatratze aufgepumpt, die Stühle werden aufgeklappt und die Decken auf der Wiese ausgebreitet. Wir Kinder stürmen gleich in den Wald, der ist für uns wie ein großer Spielplatz. Marie hat schon eine Idee, was sie tun möchte. „Ich baue ein kleines Mooshäuschen", sagt sie, und sie sucht sich Zweige und Stöckchen, Tannenzapfen und weiches Moos. An einer Baumwurzel entsteht ein romantisches Häuschen in Miniatur. Ihre jüngeren Geschwisterkinder werden angeregt, auch ein ähnliches Mooshäuschen zu bauen. Was gibt es Schöneres, als mit Naturmaterialien zu basteln und zu gestalten? Solange die Kinder so gut beschäftigt sind, hat Mutti auch einmal Zeit für ihr Hobby. Sie holt ihr Stickzeug aus der Tasche und stickt an ihrem Kissen weiter, lauter Kreuzstiche und Stilstiche. Schon manches schöne Kissen ziert unser Sofa im Wohnzimmer. Vati hat seinen Zeichenblock mitgenommen und zeichnet mit Bleistift naturgetreu den Wald, die Büsche und den Waldweg. Unsere Eltern sind wirklich vielseitig begabt!

Die Sonne steht hoch am Himmel und schickt ihre warmen Strahlen zur Erde, als würde sie sich über die kleine Gruppe am Waldrand freuen. Jetzt ist es Zeit für ein Picknick! Der Tisch wird gedeckt mit Tellern und Bechern, Besteck und Servietten. Wie gut die knusprigen Fleischfrikadellen schmecken und dazu die frischen Brotschnitten! Für Durstige gibt es Wasser und Apfelsaft. An der freien Luft hat jeder einen tüchtigen Appetit bekommen. Nach dem Picknick im Grünen dürfen die Kinder noch eine Zeit lang im Wald spielen. Marie versäumt es nicht, ihr so liebevoll angelegtes Mooshäuschen den Eltern zu zeigen. „Das ist wirklich schön geworden", wird Marie gelobt. Auch die anderen Moosgebilde bekommen viel Anerkennung. Vati hält seinen Mittagsschlaf diesmal auf der Luftmatratze, zugedeckt mit einer Wolldecke. Schon wenige Minuten später hört man ein deutliches Schnarchen. „Pst, lasst Vati ruhig schlafen", ermahnt uns Mutti. Am Spätnachmittag macht sich die Familie wieder auf den Heimweg, glücklich und zufrieden. Das war ein schöner Erster-Mai-Ausflug.

Wie wichtig gemeinsame Erlebnisse für das Miteinander in der Familie sind, erfährt Marie immer wieder. Noch viele schöne Ausflüge wird die Familie in die nähere und weitere Umgebung unternehmen. So lernen die Kinder unmerklich ihre Heimat, den Westerwald, kennen und lieben. Vati fährt sogar mit seiner „Rasselbande" an den Rhein nach Neuwied und zur Burg Drachenfels im Siebengebirge. Ein anderes Mal heißt das Ziel „Deutsches Eck", wo Rhein und Mosel zusammenfließen und die Stadt Koblenz entstand. Vati erzählt uns auch die Sage von der schönen „Loreley", einer Nixe auf dem Felsen, die mit ihrer Schönheit und ihrem Gesang die Schiffer auf dem Rhein anzieht und damit zu Tode bringt. Ihre Schiffe zerschellen am steilen Felsen. Diese Geschichte empfindet Marie als etwas gruselig und sie hat eine Wut auf die verführerische Nixe. Nach solch einem interessanten Ausflug sind sowohl Kinder als auch Eltern recht müde und erschöpft. Was sie heute wieder alles erlebt und gesehen haben! Marie behält so manche Eindrücke tief im Gedächtnis.

Nun wird es wieder einmal Zeit, zu schauen, wie es dem Mädchen Marie in der Schule ergeht. Sicher hat sie Fortschritte gemacht, schließlich ist sie bereits in der dritten Klasse. Wir sehen sie im Klassenzimmer weiter hinten sitzen. Mit ihr sind etwa dreißig Schüler im Schulraum. Wer nun meint, bei so vielen Kindern ginge es laut und ohne Disziplin zu, der täuscht sich. Es ist mucksmäuschenstill im Raum, die Schüler beugen sich über ihre Hefte und schreiben eifrig. Aha, Heimatunterricht steht auf dem Stundenplan, das ist leicht zu erkennen, denn die Lehrerin hat vorne eine Landkarte aufgehängt. „Rheinland-Pfalz" steht als Überschrift auf der Karte. Dort erstreckt sich der Westerwald mit den Ortschaften Dierdorf, Giershofen, Brückrachdorf, Wienau und Elgert. Heute geht es um einen Stadtrundgang in Dierdorf. Und so sieht eine Seite in Maries Heft für Heimatunterricht aus:

Dierdorf ist eine Stadt im Landkreis Neuwied im Bundesland Rheinland-Pfalz.
Dierdorf ist eine sehr alte Stadt mit Türmen und einer Stadtmauer. Früher gab es einen Wallgraben, der das Wasser vom Holzbach bekam. Bei einem Stadtrundgang gibt es viele Sehenswürdigkeiten zu entdecken. Dierdorf hat einen Schlosspark mit dem Schlossweiher. Auf der Insel stand früher ein Schloss von den Fürsten zu Wied. Das Mausoleum war die Grabstätte des Fürstenhauses. Von der Stadtbefestigung sind noch Reste der Stadtmauer erhalten und zwei Türme, der Eulenturm und der Uhrturm. Die alte Evangelische Kirche ist sehenswert und von großer Bedeutung. Im zweiten Weltkrieg wurde die Stadt zur Hälfte zerstört, das war am Palmsonntag, 25. März 1945.

Das hast du gut gemacht, Marie. Nun wissen wir mehr von dem mittelalterlichen Städtchen. Wer nur immer in die Gegend kommt, sollte es nicht versäumen, einen Abstecher nach Dierdorf zu machen.

Aber nun richten wir unseren Blick wieder zurück ins Pfarrhaus. Marie ist inzwischen von der Schule heimgekehrt. Mutti steht in der Küche und bereitet das Mittagessen zu. Es gibt Kartoffelbrei, Bratier und Gemüse, das frisch aus dem Garten kommt. Wie unsere Mutter das nur alles schafft, den großen Haushalt führen und für die muntere Kinderschar sorgen? Zum Glück hat sie noch eine Hilfe im Haus. Eine junge Frau aus dem Dorf kommt morgens um 8.00 Uhr und geht unserer Mutter in allem zur Hand. Sie heißt Resi und absolviert ein Praktikum in Hauswirtschaft. In dieser großen Familie hat sie die richtige Stelle gefunden. Mutti ist eine sehr gute Lehrmeisterin und Resi fügt sich nach kurzer Zeit in das Familienleben ein und wird von den Kindern respektiert. Wenn die Schulkinder Ferien haben, ist Resi auffallend häufig krank. Dann muss der älteste Bruder aushelfen, das tut er mit viel Geschick. Er backt Pfannkuchen, schmiert Butterbrote, putzt die Schuhe von allen Familienangehörigen, passt auf die jüngeren Geschwister auf, repariert defekte Fahrradschläuche, macht den Hühnerstall sauber und vieles mehr. Marie ist sehr stolz auf ihren Bruder. Was er alles kann! Sie fand überhaupt die ganze Familie großartig. Wer hatte es schon so gut wie sie: So viele Geschwister, mit denen sie spielen konnte und dazu Eltern, die sich liebevoll um Marie kümmerten. In der Schule wollte die Lehrerin eines Tages wissen, wie viele Geschwisterkinder jeder habe. Wahrscheinlich musste sie eine Statistik ausfüllen. Aber diesen Vorfall lasse ich Marie erzählen: „Wir Schüler sollten uns alle neben unsere Bank stellen. Frau Stumm fragte: ‚Wer hat ein Geschwisterkind? Bitte hinsetzen. Wer hat zwei? Setzen! Bei wem sind es drei?' Jetzt standen nur noch wenige Kinder. ‚Gibt es jemanden mit vier?' Nun stand niemand mehr außer mir", erzählt Marie. Da beugte sich die Lehrerin vor und fragte mit einem mitleidigen Gesicht: „Und wie viele Kinder habt ihr in der Familie?" „Mit mir sind es genau sechs!" Jetzt hättet ihr Marie einmal sehen sollen, wie stolz und gerade sie dasteht, ja, sie scheint geradezu gewachsen. Nun hört sie den Kommentar der Lehrkraft: „Entweder seid ihr asozial oder dein Vater ist Pfarrer!" Marie hat das Wort „asozial" noch nie gehört, sie ahnt aber, dass es nichts Gutes heißt. Deshalb antwortet sie: „Mein Vater ist Pfarrer und wir sind eine ganz tolle Familie!" So haben wir Marie noch nie erlebt, so selbstbewusst, wenn es darum geht, die eigene Familie zu verteidigen. Marie hat recht, stolz konnten wir sein, ganz besonders auf unsere Mutter.

Neben den Aufgaben in Haus und Garten hat Mutter, als Frau des Pfarrers, auch Verpflichtungen in der Gemeinde. Sie hält die Kinderstunde, zu der sehr viele Kinder kommen, weil Mutti so spannend erzählen kann. Marie sitzt am liebsten in der ersten Reihe, dann kann sie ungestört zuhören. Vater war sehr dankbar, dass seine Ehefrau ihn in der Gemeinde stets tatkräftig unterstützte. Was gibt es in einem Leben Besseres, als gemeinsam für eine Sache verantwortlich zu sein!

Wenn Vati am Samstag mit seiner Predigt fertig war und den letzten Punkt hinter sein Schlusswort setzte, war unsere Mutter an der Reihe. Sie las Korrektur, unterstrich manche Stellen und sagte dann: „Schatz, so kannst du das nicht sagen, das versteht kein Mensch. Außerdem ist die Predigt zu lang" Vati musste also die Predigt noch einmal überarbeiten, aber er war sehr dankbar, in Mutti eine so gute Kritikerin zu haben. Unsere Eltern ergänzten sich auch in der Verkündigung des biblischen Wortes.

Der Sonntag war für die Familie der wichtigste Tag in der Woche. Da galt es, einige Vorbereitungen zu treffen, um ihn festlich zu gestalten. Mutter machte sich ans Kuchenbacken. Der Duft zog durch das ganze Haus und lockte nicht nur die Kinder in die Küche. „Jeder darf ein kleines Stückchen probieren, es wird noch für morgen reichen", sagte Mutti. Sie hatte ja ein ganzes Blech voll gebacken. Mm, schmeckt der Kuchen lecker, denkt Marie. Ich könnte drei Stücke davon essen. Und seltsam, der Kuchen auf dem Blech wird bis zum Abend hin immer ein Stückchen kleiner. Welche Mäuschen sind da wohl am Werk?

Noch ist Mutter nicht fertig mit den Vorbereitungen für den Sonntag. Sie schiebt den Sonntagsbraten in den Ofen und bald riecht es nach Gebratenem. Aber das Bratenstück ist erst für das Mittagessen am Sonntag geplant. Nach getaner Arbeit in der Küche wird im Badezimmer der Kessel angeheizt. Die Familie benötigt Warmwasser für die wöchentliche Reinigung in der Badewanne. Marie liebt das Tauchen und Plantschen in der Wanne sehr, nur wenn Mutti ihr den Rücken schrubbt, wird es etwas unangenehm, denn Mutti hat eine feste Hand. Danach heißt es „Ab ins Bett". Unsere treusorgende Mutter legt noch für jeden frische Kleidung bereit, und dann ist auch sie mit den häuslichen Arbeiten fertig.

Am Sonntagmorgen ist es ganz selbstverständlich, dass alle in die Kirche gehen. Die Großen besuchen den Gottesdienst und die Kleinen den Kindergottesdienst, den natürlich Vati hält. Marie hört ganz gespannt zu, wenn unser Vater die biblischen Geschichten erzählt. Manchmal spielt er auch eine Szene schauspielerisch gekonnt vor. Dabei scheut er sich nicht, in seinem Talar hin- und herzuspringen oder sich gar auf den Boden zu legen, wenn es die Geschichte erfordert.

Ja, die Kirche war für uns ein Ort, an dem wir uns sehr wohl und heimisch fühlten. Das zeigt auch die folgende Begebenheit. Es war an einem Festtag, die Kirche war brechend voll, keinen einzigen Platz gab es mehr. Maries jüngste Schwester wusste sich zu helfen. Sie nahm kurzerhand einen kleinen Campingstuhl unter den Arm, marschierte in der vollbesetzten Kirche durch den Mittelgang bis nach vorne in den Altarraum. Dort stand Vati mit aufgeschlagener Bibel in der Hand und wollte gerade das Evangelium lesen. Da klappte seine Kleine ihr Stühlchen auf, stellte es neben ihren Vati und setzte sich gemütlich hin mit Blick zur Gemeinde. Vater schmunzelte, er wies die Kleine nicht an, den Platz zu räumen. Nein, ich glaube, er freute sich über die Nähe zu seiner kleinen Tochter. Diese blieb bis zum Ende des Gottes-

Der Verlag

> *Wer aufhört besser zu werden, hat aufgehört gut zu sein!*

Basierend auf diesem Motto ist es dem novum Verlag ein Anliegen neue Manuskripte aufzuspüren, zu veröffentlichen und deren Autoren langfristig zu fördern. Mittlerweile gilt der 1997 gegründete und mehrfach prämierte Verlag als Spezialist für Neuautoren in Deutschland, Österreich und der Schweiz.

Für jedes neue Manuskript wird innerhalb weniger Wochen eine kostenfreie, unverbindliche Lektorats-Prüfung erstellt.

Weitere Informationen zum Verlag und seinen Büchern finden Sie im Internet unter:

www.novumverlag.com

Bewerten Sie dieses Buch auf unserer Homepage!

www.novumverlag.com

dienstes ruhig und andachtsvoll auf ihrem Stühlchen sitzen. Wir Familienmitglieder unterstützten unseren Vater sehr, indem wir im Gottesdienst alle Lieder laut mitsangen, bei der Predigt aufmerksam zuhörten und ihm ab und an zunickten.

Nicht nur wir suchten den Ort der Verkündigung gerne auf. Da war noch ein Vierbeiner, der zur Familie gehörte und eines schönen Tages auch in der Kirche erschien. Bobby, so hieß unser Hund, blieb normalerweise im Haus, wenn die Familie fortging. Irgendjemand hatte aber aus Versehen die Türe zum Garten offengelassen. Dies nutzte der schlaue Bobby aus, um hinauszulaufen und zielstrebig seinem Herrchen zu folgen. Die Kirchentüre stand einladend offen, sodass unser Hund ohne Hindernisse das Gotteshaus betreten konnte. Schwanzwedelnd lief er durch den Seiteneingang nach vorne und legte sich unter die Kanzel. Vati predigte gerade lautstark zu Psalm 148: „Preiset den Herrn, alle seine Geschöpfe!" Als dann die Orgel einsetzte, um den Gesang der Gemeinde zu begleiten, fing Bobby an aufzuheulen „Unser Hund ist ein frommes Tier, es singt und betet in der Kirche mit", so erzählte Marie die lustige Begebenheit später weiter.

Zu Vatis Aufgaben gehörten nicht nur der Gottesdienst, sondern zahlreiche Hausbesuche. Zum Beispiel anlässlich einer Taufe oder Konfirmation. Wir Kinder freuten uns schon auf seine Rückkehr. Marie schaute von ihrem Kinderzimmer auf die Pfarrstraße. Wenn dann ein weißer VW-Käfer in Sicht war, rief sie laut durchs ganze Haus: „Vati kommt!" Freudestrahlend erschien er mit einem großen Teller voll Gebäck. Wir Kinder freuten uns umso mehr, denn solch einen leckeren Kuchen mit Sahne und Creme gab es nicht oft.

Und was spielte sich sonst noch rund um die Evangelische Kirche ab? Marie erinnert sich: „Wenn eine Hochzeit gefeiert wurde und das frisch vermählte Brautpaar aus der Kirche kam, standen viele Kinder und Jugendliche aus dem Dorf bereit und versperrten dem Ehepaar mit einem gespannten Seil den Weg ins Glück. Das Brautpaar konnte sich nur erlösen und seinen Weg gehen, wenn Braut und Bräutigam den Kindern Kleingeld zuwarfen, sie mussten sich sozusagen freikaufen. Die

Meute von Kindern fiel dann über die Münzen her, um viel davon zu erwischen. Dann zogen die Wegelagerer das Seil zurück und ließen das frisch vermählte Paar passieren. Die Brautleute hatten zum Glück in weiser Voraussicht genügend Kleingeld eingesteckt. Unsere Mutter verbot uns strikt, bei diesem Spiel mitzumachen."

Also stand die Pfarrerstochter neben dem Geschehen und schaute zu, wie die Münzen nur so flogen. Der Bräutigam wurde auf das stille Mädchen mit den langen Zöpfen aufmerksam und fragte: „Hast du keine Münzen bekommen?" Marie schüttelte nur den Kopf. Da drückte ihr der Bräutigam heimlich zwei Münzen in die Hand, Marie machte einen Knicks und rannte davon. Erst daheim wagte sie es, in ihre Hand zu schauen. Da lagen zwei Fünfzigpfennigstücke! Das war viel Geld, eine ganze deutsche Mark. Ich weiß nicht, ob Marie von diesem Geschenk zu Hause etwas verriet. Aber sie hatte das Geld ja ehrlich erworben, genauer gesagt geschenkt bekommen.

Auf das Geläut der Kirchenglocken ist noch ein besonderes Augenmerk zu richten. Der Klang der Glocken ertönte dreimal am Tag: morgens um sieben Uhr, da war es Zeit für Marie aufzustehen, mittags um zwölf Uhr, da gab es das Mittagsessen und abends um siebzehn Uhr, um diese Zeit mussten die Kinder spätestens im Haus sein. „Ursprünglich galt das Glockengeläut als ein Aufruf zum Gebet", erklärte uns Vater. „Das war eine gute und wertvolle Gewohnheit." Wer glaubt, das Läuten der Glocken geschähe maschinell mit Druck auf einen Knopf, der irrt sich. Unser Küster musste dreimal am Tag anrücken und die Glocken per Hand an einem Seil ziehend in Schwung bringen. Die Kinder des Dorfes liefen gerne beim Mittagsläuten zur Kirche, um unserem Küster beim Läuten zu helfen. Auch Marie war manches Mal dabei. Es machte ihr richtigen Spaß, mit am Seil zu ziehen, um dann mit dem Glockenstrang ein Stück in die Höhe zu fliegen. Der Küster erzählte uns manchmal die gruselige Geschichte von einem übermütigen Bengel, der es beim Glockenläuten übertrieb. Er flog durch den Schwung des Seiles hoch bis ins Gebälk des Glockenturms. Man fand nie mehr auch nur die geringste Spur von ihm. „Diese Geschichte erzählt uns der Küster nur, um uns abzuschrecken", war sich Marie sicher.

Wenn in der Gemeinde eine Person verstorben war, musste der Küster das im Dorf bekannte „Totengeläut" in Gang setzen. Dazu stieg er eine steile Treppe hinauf bis zum Glockenstuhl, er befestigte ein Seil an der Totenglocke und schlug diese durch Ziehen am Seil in regelmäßigen Abständen zwanzig Mal an. Auf eine kleine Schiefertafel machte er mit Kreide einen Strich nach jedem Schlag, um sich ja nicht zu verzählen. Die Bewohner der Stadt erfuhren auf diesem Wege, dass ein Gemeindeglied verstorben ist. Kaum zu glauben, dass Marie manches Mal mit in den Glockenturm stieg, um bei diesem Totengeläut dabei zu sein. Das Erklimmen der steilen Stiege, die nach oben hin immer schmaler wurde, war nicht ungefährlich und erforderte viel Mut. Wahrscheinlich waren ihr die größeren Geschwister dabei behilflich. Ich glaube, Marie war recht froh, wenn sie wieder festen Boden unter sich spürte. Ob Mutti von dem waghalsigen Unternehmen wusste, entzieht sich meinen Kenntnissen. Die Ärmste, sie musste bei der lebendigen Kinderschar gute Nerven gehabt haben. Immer wieder passierte es, dass eins der Kinder hinfiel. Dann gab es blutige Knie und Schürfwunden, manchmal auch Schnittwunden und Bienenstiche.

Die sonst so kerngesunde Marie machte unseren Eltern eines Tages große Sorgen. „Und das kam so", beginnt Marie zu berichten. „Meine um zwei Jahre ältere Schwester war sehr sportlich und beweglich. Sie sprang bei einem Kellerschacht mit ihren langen Beinen von einer Mauer auf die andere. Ich wollte es ihr gleichtun und sprang ebenfalls von einer Mauer auf die … und dann wusste ich plötzlich nichts mehr." Nun musste die große Schwester die Regie übernehmen. Sie fing an ganz laut zu schreien. Marie hatte den Sprung auf die andere Mauer nicht geschafft, sie schlug mit dem Kopf auf dem Boden auf und lag nun regungslos da. „Mutti, komm schnell!!" Mutti hörte den Schrei und kam sofort angerannt. Auch Vati hatte den Hilfeschrei vernommen und wusste, dass jetzt etwas Schlimmes passiert war. Die Eltern sahen Marie bewusstlos am Boden liegen und erfassten augenblicklich die Situation. Ganz vorsichtig trugen sie ihr Kind ins Haus und legten das Mädchen zunächst im Wohnzimmer auf das Sofa. Mit einer warmen Decke wurde sie zugedeckt. Ganz blass lag sie da. Jetzt wurde es dem Mädchen auch noch übel. „Eindeutig eine Gehirnerschütterung", sagte Vati. „Marie braucht jetzt ganz viel Ruhe". Er ermahnte die Geschwister, leise zu sein. Das brauchte Vati nicht zweimal zu sagen. Maries Geschwister sind ganz still geworden und schlichen auf Zehenspitzen durchs Haus. Mutti blieb bei der kranken Marie sitzen, sie war sehr besorgt: „Wenn das Kind nur bald wieder zu sich käme." Nach einigen Stunden, oder war es erst am nächsten Tag, schlug Marie ihre Augen auf, schaute erstaunt herum und sagte: „Mutti!" „Ja Kind, ich bin da, jetzt wird alles gut. Resi, koch der Kleinen einen Grießbrei und hole ein Glas Birnen aus dem Keller, das mag Marie doch so gern", wies sie das Hausmädchen an. Marie verspürte Hunger und sie aß den Brei mit Appetit. Später holte Mutter das Lieblingsbuch von Marie und zeigte ihr die Seite mit den Waldtieren. „Kennst du diese Tiere, Marie?", fragte sie. Was Mutter nur hat, dachte das kranke Mädchen. „Natürlich, da ist ein Reh, ein großer Hirsch, zwei Feldhasen und eine Eule auf dem Ast." Da seufzte Mutter ganz erleichtert: „Meine Marie hat sich durch den Sturz und die Gehirnerschütterung keinen bleibenden Schaden zugezogen." Mutti war so froh und dankbar. Die kranke Marie blieb zwei Wochen daheim, Mutter bestand darauf. Erst dann durfte sie wieder zur Schule gehen.

Marie ging nach wie vor gerne in die Schule. Der Lernstoff in der dritten Klasse wurde zwar umfangreicher, die Diktate wurden länger und die Rechenaufgaben schwieriger, doch die Schülerin Marie meisterte ihren Schultag gut. In den Wochen des Krankseins schien das Mädchen gewachsen zu sein, auch nachdenklicher und kritischer war sie geworden, insbesondere ihrer Lehrerin gegenüber. Eines Tages als Marie wieder von der Schule heimkehrte, erzählte sie folgende Begebenheit: „Stell dir vor, Mutti, unsere Lehrerin kam heute nach der Pause hustend und niesend ins Klassenzimmer und fragte die Kinder, ob jemand ein Hustenbonbon für sie habe. Elsa, vorne in der ersten

Bank, meldete sich und reichte Frau Stumm freudig ein Hustenbonbon. Weißt du, was die Lehrerin darauf sagte?‚Ich brauche dein Bonbon nicht, aber geh mal raus auf den Flur und heb das Bonbonpapier auf, das du auf den Boden geworfen hast!' Elsa war ganz enttäuscht. Sie wollte ihrer Lehrerin einen Gefallen tun und jetzt das. Sie hatte das Papier dort nicht hingeworfen. Ist das nicht richtig hinterhältig und gemein von unserer Lehrerin? So darf man doch nicht mit Kindern umgehen!" Marie hatte es richtig erkannt: Diese Maßnahme von Seiten der Lehrkraft war alles andere als hilfreich und Vertrauen aufbauend. Marie war bereits in der Lage, Erziehungsmaßnahmen zu hinterfragen und zu analysieren. Wenn sie erst einmal Lehrerin wäre, würde sie viel besser mit den Schülern umgehen, nahm sich Marie vor.

Inzwischen ist es im Kalender Juni geworden. Die Natur zeigt sich von ihrer schönsten Seite. Im Pfarrgarten grünt und blüht es üppig. Die Wiese mit den Obstbäumen ist hochgewachsen. Sie mähen? Das schafft kein Rasenmäher, da muss eine Sense her. Das ist die Aufgabe des Küsters, er rückte eines Tages mit der Sense auf der Schulter an, hatte einen kleinen Schleifstein dabei, mit dem er das Sensenblatt schärfte und schon ging es los. Im gleichmäßigen Takt schwang er die Sense und „ritsch ratsch" fielen die hohen Grashalme zu Boden. Die Kinder schauten in gebührendem Abstand zu. Kaum war die Arbeit erledigt, stürzten sie sich auf die Wiesenfläche, wirbelten die Grasbüschel in die Luft, bewarfen sich gegenseitig damit und schlugen Purzelbäume. Das frische Gras roch so gut. Sie lachten, prusteten und schrien, bis ein Fenster aufging und Mutter rief: „Nicht so laut, Kinder!" „Nun muss ich aber das Gras zusammenrechen", sagte der freundliche Küster. „Könnt ihr jetzt etwas anderes spielen?" „Ja, natürlich." Die Kinder hatten ständig neue Ideen. „Wir könnten doch wieder einmal eine Bude bauen", schlug Marie vor. Die drei Mädchen verstanden sich richtig gut und waren sich bald einig. „Ja, aber dieses Mal soll es eine ganz besondere Bude werden." Sie fanden einen geeigneten, niedrigen Baum an der hohen Mauer, und schon ging die Arbeit los. „Wir brauchen Bretter, Nägel und einen Hammer", kommandierte Marie. Ohne Material und Werkzeug ging es eben nicht. Bald hörte man ein Klopfen und Hämmern, schon waren die Wände für die Behausung fertig. „Jetzt bräuchten wir noch eine Türe, am besten aus Stoff", schlug Marie vor. „Im Kinderzimmer ist doch die alte Kommode, in der untersten Schublade habe ich Betttücher und Decken gesehen, die braucht Mutti bestimmt nicht mehr." Und schon rannten die drei los. Im Kinderzimmer versuchten sie, die Schublade aufzuziehen, sie war sehr schwer, aber jetzt klappte es doch. Es schient nichts Brauchbares darin zu sein, die Tücher und Decken landeten auf dem Boden. Ganz unten entdeckten die Mädchen ein braunes Tuch, es war aus Gummi, das ist prima! „Gummi ist wasserdicht und hält den Regen ab, dann können wir sogar bei Regenwetter und Schnee in unserem Haus bleiben", sagte Marie. Mit vereinten Kräften zogen die Mädchen das Gummituch aus der Schublade. Wie riesig es war, fast zu groß für ihre geplante Türe. Also wurde beschlossen, ein Stück davon abzuschneiden. Eine Schere war schnell zur Hand, und dann schnitt Marie. Schnipp schnapp. Ach, eigentlich brauchte sie die Schere nur an das Gummituch anzusetzen, und schon teilte es sich in zwei Teile. So, fertig. Hoffentlich war das abgeschnittene Stück in Höhe und Breite für ihre Budentüre maßgerecht. Das Gummituch passte wie angegossen und musste nur gut befestigt werden. Auch dafür fanden die Mädchen eine Lösung. Stolz betrachteten sie ihr Werk. Das müssen wir Mutti zeigen, die wird staunen. Ja, Mutti staunte nicht schlecht, als sie den Vorhang sah und in ihm die Bettauflage für schwierige Zeiten erkannte, etwa Tage der Krankheit und für das Wochenbett. Mich wundert es heute noch, dass sie nicht in Ohnmacht fiel. „Kinder, wo habt ihr denn dieses Laken her?" „Laken, das ist doch ein altes Gummituch", dachte Marie und laut sagte sie: „Wir haben es in der Schublade gefunden, wo die alten Tücher und Decken sind, die du nicht mehr brauchst." Jede andere Mutter hätte jetzt laut und wütend geschimpft. Unsere Mutti nicht, sie sagte: „Kinder, wenn ihr etwas braucht, fragt mich zuerst und zeigt es mir." Was soll sie ihren Sprösslingen von Krankheit, Schmerzen und Blut im Wochenbett erzählen? Ihre

Kleinen lebten noch ganz in ihrer kindlichen, heilen Welt. Marie ahnte, dass hier etwas falsch gelaufen war. Mutti hatte sechs gesunden Kindern das Leben geschenkt und war für sie verantwortlich. Jetzt erwartete sie das siebente Kind. Ein Lächeln ging über ihr Gesicht. Die kleine Wölbung unter ihrer Schürze war kaum zu sehen, es würde auch noch einige Zeit dauern bis zur Geburt. Wenn Mutti lächelt, wird es nicht so schlimm sein mit dem Gummilaken, dachte Marie. Ihre umstrittene „Buden-Gummi-Tür" leistete hervorragende Dienste. Sie trotzte jedem Unwetter, sei es Wind, Regen oder Schnee. Die Kinder saßen geborgen in ihrem Baumhaus, erzählten sich Geschichten, sangen Lieder und waren fröhlich und glücklich.

Jetzt hören sie Mutter rufen: „Reinkommen, das Essen ist fertig! Hände waschen!" Die Familie versammelt sich um den Mittagstisch zum gemeinsamen Essen. Resi, unser Hausmädchen, tischt die Schüsseln auf, nimmt die Mahlzeit mit der Familie ein und darf dann in die wohlverdiente Mittagspause nach Hause gehen. Inzwischen hat sie viel in dem großen Haushalt gelernt: Sie kann verschiedene Gerichte kochen, den Tisch decken, putzen, Teppiche klopfen, Hemden bügeln und Fenster reinigen. Wenn nur nicht die kleinen grauen Mäuse wären. Sie scheinen sich wohl zu fühlen in dem alten Haus mit den vielen Gängen in den Wänden und den zahlreichen Schlupflöchern. Vor diesen Nagern hat Resi panische Angst. Das Mäusevolk hält sich am liebsten in der Küche auf, da gibt es immer etwas zu Futtern, besonders wenn die Menschen vergessen haben, die Lebensmittel fortzuräumen oder zuzudecken. Dann machen sich die flinken Mäuslein über den Kuchen her, nagen am Speck, schlecken von der Butter und plantschen genussvoll in der Milch. Eines Morgens passiert folgendes: Das Hausmädchen bereitet wie jeden Morgen das Frühstück für die Pfarrfamilie zu. Plötzlich hört man einen gellenden Schrei aus der Küche, dann ein Zersplittern von Porzellan. Resi kommt mit hochrotem Kopf aus der Küche gestürzt. Was ist geschehen? Marie kann es erzählen: „Resi will die Milch aus dem Milchkrug in einen Topf gießen, um sie zu wärmen. Da fällt doch aus dem Krug eine tote Maus heraus, sie ist in der Milch ertrunken." „In diesem Haus mit den vielen Mäusen bleibe ich nicht eine Stunde länger! Nein, nicht eine Minute länger! Das ist ja eine Zumutung!", schreit die sonst so ruhige Resi mit rotem Kopf. Sie rennt Mutti fast um. Mutter versucht, das Hausmädchen zu beruhigen und verspricht: „Wir lassen nie wieder die Milch so offenstehen. Mein Mann wird eine Mausefalle aufstellen." „Eine Mausefalle? Da bräuchte man hunderte, das Mäusevolk hat sich ja so vermehrt, es tanzt im ganzen Haus herum vom Keller bis zum Speicher!" Da hat Resi sogar recht. Vater versucht auch, Worte der Beschwichtigung zu finden: „Schau her, Resi, schau dir doch nur mal das Mäuschen an, hat es nicht putzige Augen? Und gehört dieses Tier nicht auch zu Gottes guter Schöpfung?"

Der Herr Pfarrer soll nur aufhören mit den frommen Worten, denkt sich Resi, sie sagt es natürlich nicht laut. So, jetzt bekommt das Hausmädchen erst einmal eine stärkende Tasse Kaffee, und dann darf sich Resi auf den Schreck hin ein wenig auf der Terrasse ausruhen. Marie leistet ihr Gesellschaft und fragt: „Soll ich dir eine Geschichte erzählen von einer kleinen Maus?" „Bloß nicht, ich kann das Wort Maus nicht hören!", schreit Resi auf. „Gut, dann erzähle ich dir die Geschichte von der Giraffe und dem Affen." Und Marie erzählt eine fantasievolle Geschichte.

Es ist Juli und der Sommer mit seinen warmen Tagen hat begonnen. Im Westerwald sind die Sommermonate angenehm. Von den Höhen her weht immer ein frischer Westwind. Besuch aus dem Rheinland hat sich angekündigt, Muttis jüngerer Bruder Gebhardt. Mutter kommt übrigens auch aus einer großen Familie mit sechs Kindern. Sie kennt also die Lebendigkeit, die eine Großfamilie mit sich bringt. Vater holte unseren Lieblingsonkel von der Bahn ab. Damals hatte Dierdorf noch einen eigenen Bahnhof, der aber in den letzten Jahren stillgelegt wurde. Onkel Gebhardt rückte mit einem großen Koffer an, er schien länger bleiben zu wollen. Als Städter freute er sich auf ein paar Tage des Ausruhens in ländlicher Umgebung und guter Luft. Wir Kinder erwarteten ihn schon ungeduldig, denn in seinem Koffer waren außer seinen Anzügen ein paar Geschenke für die Familie. Und richtig, kaum hatte er alle herzlich begrüßt, sagte unser Onkel: „Mal sehen, was ich da in meinem Koffer eingepackt habe." Dabei zog er zwei große Tüten mit Süßigkeiten aus einer Seitentasche. Wir Kinder bekamen sonst nicht viel Süßes zu sehen. „Da bekommt man nur schlechte Zähne", sagte Mutter. Ja, sie hatte Recht, Mutti achtete sehr auf gesunde Ernährung. Aber ein Gast durfte uns natürlich etwas mitbringen. „Wie habt ihr denn das mit dem Aufteilen gemacht, ging es gerecht zu, Marie?" „Ja, mein ältester Bruder hatte die Aufgabe, die Süßigkeiten zu verteilen. Wir Geschwister saßen am Tisch drum herum, und dann wurde ausgeteilt: Ein rotes Bonbon für jeden, ein gelbes, ein grünes, einen Lutscher ... bis die Tüte leer war. Jeder zog mit seinem Bonbon-Schatz davon. Ich versteckte meine Süßigkeiten lieber." In der Zwischenzeit hatte sich Onkel Gebhardt häuslich eingerichtet, er bezog das geräumige Eckzimmer. Mutti bereitete ein besonders gutes Mittagsessen vor mit Suppe, Hauptspeise und Nachtisch. Wenn ihr Bruder schon einmal zu Besuch kam, sollte er sich rundherum wohlfühlen. Nach dem Essen gab es eine Haus- und Gartenbesichtigung. Unser Gast staunte sehr über die Räumlichkeiten und den großen Garten. „Wisst ihr was, ich würde jetzt gerne in einem Liegestuhl ausruhen, vielleicht dort drüben im Schatten." Schon rannten wir Kinder, um alles herbeizuschaffen, den Liegestuhl, ein Kissen und eine Decke. „Ruhe dich gut aus, Gebhardt, dein Alltag in der Großstadt ist hektisch und anstrengend genug", sagte Mutti. In der Mittagspause musste es absolut ruhig sein, das wussten die Kinder und hielten sich auch daran. Marie las in ihrem Buch weiter. Ab und zu schaute sie in den Garten hinunter. Onkel Gebhardt brauchte aber lange zum Ausruhen! Endlich hörte sie ein lautes Gähnen und sah, wie der Onkel sich reckte und streckte. Er ließ sich auf eine Seite des Liegestuhls fallen, machte einen Purzelbaum und stand auf den Beinen. Sehr sportlich, hätte ich nicht gedacht. Mutter kam schon mit einem Tablett mit Kaffee und Kuchen. Sie stellte alles auf dem Gartentisch ab und lud ihren Bruder zum Kaffeetrinken ein. Onkel Gebhardt war ein richtiger Kaffeegenießer, und der Kuchen schmeckte ihm offensichtlich auch gut. Ach ja, Raucher war unser Onkel auch. Nach einer guten Zigarette fragte er: „Kinder, wollen wir etwas zusammen spielen?" Auf dieses Stichwort hatten wir gewartet. „Ja!" „Und was wollt ihr spielen?" „Mensch-ärgere-dich-nicht", riefen wir wie aus einem Mund.

Bei diesem Spiel ging es immer so lustig und turbulent zu, wenn unser Onkel mitspielte. Die Kinderschar lief ins Esszimmer, kramte in der Spielsammlung nach dem besagten Spiel und räumte den Tisch frei. Da schaute Mutti herein und rettete ihre frisch gebügelte Tischdecke, bevor sie irgendwo in der Ecke landete. „Welche Farbe, Onkel Gebhardt?" „Natürlich Grün, wie immer. Grün ist die Hoffnung, und hoffentlich gewinne ich." „Du darfst anfangen, weil du unser Gast bist", meinte Marie. Also wurde drei Mal gewürfelt. Mit einer Sechs durfte man raus. „Wieder nichts! Ich warte ab, bis ihr hier an meinem Haus vorbeikommt", sagte Onkel Gebhardt. Tatsächlich, in der nächsten Runde konnte unser Onkel mit zwei Spielsteinen rauskommen, er würfelte gleich drei Sechser hintereinander. „Hab' ich es euch nicht gesagt?" Aber wehe, wenn wir Mitspieler eine Spielfigur von ihm hinauswarfen. Dann ärgerte er sich, aber nur zum Schein und drohte. „Warte, wenn ich dich erwische!" War es wirklich so weit, dann flog dieser Spielstein mit einem festen Schlag bis in eine Zimmerecke. So oder ähnlich ging es bei unserem „Mensch-ärgere-dich-nicht" Spiel zu. Ihr werdet es glauben oder nicht, unser Onkel gewann das Spiel jedes Mal. Ob die Kinder ihn absichtlich gewinnen ließen? Ich weiß es nicht. Nach etwa einer Stunde schaute Mutter herein und meinte: „Ich glaube, jetzt solltet ihr Schluss machen, die Kinder müssen langsam ins Bett. Räumt bitte alles wieder auf." Gehorsam wurde aufgeräumt, und dann gingen wir ins Kinderzimmer. Die Erwachsenen waren froh, auch einmal ein Stündchen für sich zu haben, gemütlich im Wohnzimmer bei einer guten Tasse Tee.

An den anderen Tagen hatte Onkel Gebhardt viele gute Spielideen. Marie erinnert sich daran: Im Garten stand an der unteren Mauer eine knorrige Weide. Wer geschickt war, konnte aus den biegsamen Ästen eine Flöte schnitzen. Man muss wissen, die Weide hat oft hohle Äste. Onkel Gebhardt schnitt mit einem scharfen Messer ein paar brauchbare Zweige ab, entfernte die Rinde, bohrte ein Loch oben in das Holzstück, und fertig war eine Flöte. Jedes Kind wollte natürlich solch ein Instrument haben. Man konnte wenigsten ein oder zwei Töne darauf spielen. Am Abend, als Vati und Mutti auf der Terrasse saßen, stellten wir uns in Reih und Glied auf, es setzte ein vielstimmiges „Tut, Tut" ein. Das Flötenkonzert klang laut und schrill. Onkel Gebhardt dirigierte den Flötenchor und behauptete, das Stück sei von Mozart komponiert worden. Unsere Eltern klatschten laut Beifall. Vati konnte ein Lachen nicht unterdrücken und sagte: „Ich freue mich über die Musikalität meiner Kinder und über den hervorragenden Dirigenten." Mutti setzte hinzu: „Wie gut doch mein Bruder mit Kindern umgehen kann!" Mehr zu Vati gewandt fuhr sie fort: „Er ist selber nicht verheiratet und hat keine Kinder. Da genießt er die Geborgenheit in einer Familie." Mit derlei Späßen und Spielen verging eine Woche Urlaub auf dem Lande schnell. Bald schon hieß es für unseren Onkel wieder, die Koffer zu packen und Abschied zu nehmen.

Der Koffer war schwerer als zuvor, weil Mutti ihrem Bruder so allerhand mitgab: Fleisch- und Wurstkonserven, selbstgemachte Marmelade und Schinken. Als gäbe es in der Großstadt nichts zu essen. So gute und frische Sachen wie auf dem Land sind dort nicht zu finden. Vati fuhr wieder mit dem weißen Käfer vor, Koffer und Taschen wurden verstaut. Wir Kinder bestanden darauf, Onkel Gebhardt an der Bahn zu verabschieden und ihm nachzuwinken. Weil wir nicht alle ins Auto passten, liefen die „Großen" zum Bahnhof. Abschied nehmen von einem netten Menschen, das mochte Marie gar nicht. Aber es ging nicht anders, Onkel Gebhardt musste wieder zurück zu seiner Arbeit. Als der Zug einfuhr, es war ein langsamer Triebwagen, verabschiedete sich Muttis Bruder von der Familie. Die Kleinen hob er hoch und stupste sie an die Nase. „Ohne Abschied – kein Wiedersehen", rief der Onkel uns zu. Als er sah, dass Marie die Tränen kamen, sang er mit seiner tiefen Stimme „Junge komm bald wieder." Da musste Marie doch lachen. Jetzt wird aber schnell eingestiegen und der schwere Koffer hineingehievt, sonst fährt der Zug ohne den geliebten Onkel ab. Im Abteil schob Onkel Gebhardt das Fenster herunter und lehnte sich weit hinaus, um uns zuzuwinken. Der Zug setzte sich in Bewegung, Vati holte sein Taschentuch heraus und schwenkte es auf und ab, und wir winkten auch bis wir den Zug nach einer Kurve nicht mehr sehen konnten. Das war unser Besuch aus dem Rheinland, der doch einige Unruhe ins Pfarrhaus brachte, aber von allen sehr geliebt wurde. Onkel Gebhardt besuchte uns mehrmals im Jahr, und die Zeit mit ihm war jedes Mal lustig und abwechslungsreich. Aber ein Abschied tut trotzdem weh, denkt Marie. Sie hat es selbst erfahren.

Viel Zeit zum Grübeln gab es in diesem Haushalt nicht, weil ständig etwas los war. Es ist Anfang Juli und im Garten sind die ersten Erdbeeren, Johannisbeeren und die etwas sauren Stachelbeeren reif. Mutti hatte uns erlaubt die reifen Früchte zu naschen, wir mussten jedoch darauf achten, die Pflanzen nicht zu zertreten. Es blieb noch genug Arbeit, um alle Sträucher abzupflücken. Dann wurde aus den reifen Früchten Marmelade gekocht und in Gläser abgefüllt. Der Vorrat für den langen Winter konnte nicht groß genug sein. Schon standen die Gläser in Reih und Glied und mit einem Schildchen versehen im Kellerregal. Noch viele Gläser würden folgen, gefüllt mit Apfelmus, Pflaumen und Pfirsichen. Das war Muttis ganzer Stolz. Später kamen noch Bohnen, Erbsen und Weißkrautköpfe dazu. Das Essen sollte schließlich abwechslungsreich sein, mit wertvollen Vitaminen. Mit dieser guten Ernährung, und mit viel Bewegung an frischer Luft ging es den Kindern richtig gut, sie wuchsen und gediehen.

Auch Marie ist größer und beweglicher geworden. Sie sucht im Schrank nach ihren Sommersachen, ihren Kleidern und T-Shirts. „Ich probiere die Sachen mal an, hoffentlich passen sie noch." Das Kleid mit dem Kragen ist ihr zu eng und zu kurz. Auch der Folklore-Rock passt nicht mehr recht. Und was ist mit der Shorts? Geht auch nicht. „Mutti, meine Sachen für den Sommer passen mir nicht mehr!" „Na, da werden sich deine kleinen Geschwister freuen, sie dürfen jetzt deine schönen Sachen anziehen", entgegnet Mutter. „Und was mache ich?" „Du bekommst die besonders schönen Kleider und Hosen von deiner großen Schwester." „Ja, das ist ein guter Tausch." So ist Marie wieder zufrieden. Gut, dass sie frühzeitig an ihre Sommersachen gedacht hat.

Im Monat August heißt es Koffer packen. Die ganze Familie begibt sich auf große Reise in den Urlaub. Das Reiseziel heißt Groet in Nordholland. Es sind viele Kilometer von Dierdorf im Westerwald bis an die Nordsee. Vati übernimmt dort die Aufgabe Gottesdienste für die deutschen Urlauber zu halten, er kann die Ferien also nur teilweise genießen. Seine Familie darf er mitnehmen. Die Vorfreude der Kinder auf diese Ferienreise ist kaum zu beschreiben. Schon viele Wochen vorher werden die Koffer vom Speicher geholt und auf ihre Reisetauglichkeit geprüft. Wir Kinder suchen nach Strandsachen wie Schaufeln, Eimern, Bällen und Windvögeln. Wenn Mutti beginnt Handtücher, Bettwäsche und Kleidungsstücke beiseite zu legen, sind wir noch aufgeregter. Das heißt ja, es geht bald los. „Ja, Kinder noch drei Mal schlafen, dann fahren wir nach Holland." Weil die Fahrstrecke an einem Tag nicht zu bewältigen ist, werden wir in Düsseldorf bei den Verwandten eine Nacht verbringen und dann frühmorgens weiterfahren. Bis die Fahrt losgehen kann, sind noch viele Vorbereitungen zu treffen. Da nicht alle Kinder samt Gepäck in den kleinen VW passen, fährt der älteste Bruder mit dem Zug. Als Gepäckstücke gehen vier Koffer mit ihm auf die Reise. Der Beamte am Schalter muss sich gewundert haben, eine reisende Person mit vier prall gefüllten Koffern. Alle anderen Gepäckstücke und Taschen werden im Auto verstaut. Auf dem Dach des Autos befestigt Vater einen Gepäckträger, der einige Kilo Gepäck aushält.

Darüber muss eine Plane gespannt werden, damit das Reisegepäck nicht auf der Straße landet. Das Auto ist fertig bepackt, dann kann es morgen in der Früh losgehen. Wir Kinder können vor lauter Aufregung kaum schlafen und wachen sehr früh auf. Wie fix heute alles geht: Das Aufstehen, Anziehen und Frühstücken. „Mutti vergiss nur nicht den Proviant und die Getränke!" Das ist auf einer so langen Fahrt mehr als wichtig. Nun kann das Abenteuer Ferien an der Nordsee beginnen. Vati ist ein guter Autofahrer. Er fährt langsam und umsichtig. Schließlich hat er eine wertvolle Fracht an Bord. Die Kinder sitzen eng, aber bequem mit Muttis Kissen und dem Federbett im Rücken. Unsere Mutter bevorzugte immer ihre eigenen Bettsachen. So legt der weiße Volkswagen Kilometer um Kilometer zurück. Natürlich stimmt Vati wieder fröhliche Lieder an, dann vergeht die Zeit im Nu. Zwischendurch fährt Vater einen Rastplatz an. Mutti drängt schon die ganz Zeit: „Schatz, mach doch mal eine Pause." Wir vertreten uns die Beine und freuen uns über die belegten Brote. Am Nachmittag haben wir die erste Etappe glücklich geschafft und erreichen unser Ziel, die Verwandten im Rheinland. Die Kinder werden aufgeteilt, jeder darf zu seinem Paten oder seiner Patin. Marie freut sich, dass sie auf der Urlaubsreise immer ihre Patentante besuchen kann, und die Patin freut sich natürlich auch. Am nächsten Morgen werden alle Kinder wieder eingesammelt, und wir starten die zweite Etappe unserer Reise.

Die Familie legt eine lange Strecke zurück: über Venlo, Eindhoven, Amsterdam und Alkmaar bis zu ihrem Ferienort Groet in Nordholland. Am späten Nachmittag sind sie endlich da. Die holländischen Gastgeber erwarten ihre Feriengäste schon. Als Unterkunft bezieht die Familie eine schöne Wohnung im ersten Stock des Hauses mit vier Schlafräumen, einer Küche, einem Bad und einem großen Wohn- und Esszimmer. Es wird für alle eine schöne und erholsame Zeit. Marie erinnert sich an das abenteuerliche Strandleben.

Sie beginnt zu erzählen: „Bei schönem Wetter geht es an den Strand. Da setzt sich morgens eine kleine Karawane in Bewegung die aus eins, zwei, drei, vier, fünf, sechs Kindern und einem Elternpaar besteht. Alle sind beladen, die einen tragen eine Tasche, die anderen einen Rucksack oder auch nur eine Sandschaufel. Am Strand angekommen, wird als Sicht- und Windschutz eine Markise aufgestellt. Das ist gar nicht so einfach, denn vom Meer her weht meist eine kräftige Brise. Also helfen alle mit und halten die Zeltstangen fest. Schließlich hat es doch geklappt, die Zeltwand steht, und wir richten uns dahinter ein. Jeder ergattert einen kleinen Platz für seine Sachen. Unsere Badesachen haben wir bereits daheim angezogen, so geht das Umziehen schnell. Für Mutter und Vater stellen wir die Campingstühle auf, unsere Eltern sollen es bequem haben. Die Kinder sind schon ganz ungeduldig. ‚Wann dürfen wir ins Wasser?' ‚Ihr müsst euch erst etwas aufwärmen und an die Nordseeluft gewöhnen', ist Muttis guter Rat. Also spielen wir noch eine Weile mit dem Ball. ‚Alle zum Eincremen kommen', ruft der besorgte Vater. ‚Nicht, dass ihr mir heute Abend über einen Sonnenbrand klagt.' Wir treten der Reihe nach an und Vati cremt uns den Rücken mit der altbewährten Nivea-Sonnenmilch ein. Jetzt ist endlich der Augenblick gekommen, wo alle ins Wasser dürfen. Wir rennen um die Wette und stürzen uns in die Fluten. ‚Ihr dürft nur bis zur ersten oder zweiten Welle gehen', ermahnt uns Mutti noch vorher. ‚Das Meer hat eine ungeheure Gewalt.' Ja, wenn sich die Wellen am Strand überschlagen, braucht man schon viel Kraft, um nicht mit unter die hohe Brandung zu geraten. ‚Das habe ich schon gespürt', sage ich und bin sehr vorsichtig. Aber es ist herrlich, sich im schäumenden Wasser zu tummeln. ‚Achtung, die nächste hohe Woge kommt!' Wir schreien gegen Wind und Wellen an, ist das ein tolles Lebensgefühl! Nach einer halben Stunde winkt Mutti: ‚Das ist genug für das erste Mal, alle rauskommen!' Die Kinder frieren jetzt ein bisschen, auch ich. Schnell wird ein Handtuch umgehängt. Um warm zu werden, rennen wir um die Wette. Wer ist als Erster an unserem Lagerplatz? In der Umkleideecke ziehen wir schnell die nassen Sachen aus, rubbeln uns trocken und ziehen Shorts und T-Shirt an, am besten noch eine warme Jacke darüber. Zum Glück gibt es jetzt etwas zu essen, alle haben einen riesengroßen Hunger bekommen."

Jetzt gönnen wir Marie eine Erzählpause. Von den belegten Weißbroten könnte sie drei Doppelschnitten futtern, aber dann reicht der Vorrat nicht für alle. Beim Bäcker in Holland konnte man damals nur Weißbrot in Kastenform kaufen, kräftiges Vollkornbrot gab es nicht. Gut, dass Mutti noch für einen Nachtisch gesorgt hat, Vanillepudding, „Vla", in der Flasche, die Nationalnachspeise Hollands. Etwas vergleichbar Gutes habe ich bisher in keinem Supermarkt gefunden. Das hat geschmeckt. Alle sind satt und zufrieden. Jetzt ist ein kleiner Mittagsschlaf angebracht. Marie baut sich eine Sandkuhle, legt ein Handtuch hinein und streckt sich lang aus. So ist sie geschützt vor dem Wind und kann sich ausruhen. Mutti macht einen kleinen Spaziergang am Wasser entlang, die Kleinste, sie mag nun fünf Jahre alt sein, begleitet sie. Die Kinder haben noch viel Zeit zum Spielen und Baden. Dann ziehen plötzlich dunkle Wolken auf, vom Meer herkommend bringen sie Regen mit sich. Da heißt es schnell die sieben Sachen zu packen und alles abzubauen. Wenn jeder mithilft, ist das schnell geschehen. Vati prüft noch einmal, ob auch nichts liegen geblieben ist. Auf dem Rückweg ist der Rucksack aber schwer, denkt Marie. Da sind ja auch die nassen Badesachen drin, kein Wunder. Der Weg bis zum Parkplatz ist recht weit, aber Marie schafft es. So geht ein schöner Tag am Strand zu Ende. Alle sind recht müde geworden von der frischen Seeluft und der warmen Sonne. Marie schläft in dieser Nacht tief und fest, sie träumt von hohen Meereswellen, die sie auf und ab wiegen.

Wenn ich erinnern darf, eigentlich ist unser Vati auch dienstlich in Nordholland. Die Evangelische Kirche hat ihn beauftragt, Gottesdienste für deutsche Urlauber zu halten. Es gibt zahlreiche Feriengäste aus Deutschland an der Nordsee. Sie kommen jedes Jahr regelmäßig wieder, von April bis Ende August. Der deutschsprachige Gottesdienst findet immer am Mittwochabend statt. Vati hat die Predigten schon zu Hause vorbereitet. Jetzt gilt es nur noch, Werbung zu machen und die Menschen einzuladen. Dazu werden an exponierten Stellen Plakate aufgehängt, in den Geschäften, bei der Post, am Aufgang zum Strand. Vati hat Handzettel mitgenommen, diese gilt es zu verteilen. Also kommen wir Kinder wieder auf den Plan. Wenn die Familie zum Strand fährt, parkt Vati auf dem bewachten Parkplatz. Noch viele andere Wagen aus Deutschland stehen dort, leicht zu erkennen am Nummernschild, das eine schwarze Schrift auf weißem Grund hat. Bei diesen Autos klemmen wir einen Zettel hinter den Scheibenwischer. „Seid dabei ganz vorsichtig", warnt uns Vati. Eifrig rennen wir auf dem Parkplatz hin und her und freuen uns über jedes deutsche Auto. So manche Familie wird dadurch auf den deutschsprachigen Gottesdienst aufmerksam. In Groet befindet sich mitten im Ort eine kleine, wunderschöne Kirche. Sie steht auf einem Hügel und hat einen hölzernen, achteckigen Turm. Sie heißt auch „Witte Kerk", weil sie ganz in Weiß erstrahlt, besonders wenn die Sonne darauf scheint.

Es ist Mittwochabend, die Türen zum Gottesdienstraum sind weit geöffnet und laden zum Hineintreten ein. Die Kinder sind gespannt: „Wie viele Menschen werden wohl kommen?" Die Stuhlreihen füllen sich, etwa fünfzig Besucher sind erschienen. Der Gottesdienst kann beginnen. Vater hat als Predigttext die biblische Geschichte von der Stillung des Sturmes gewählt. Das passt gut zu Wind und Wellen an der stürmischen Nordsee. Die Gemeinde hört aufmerksam zu. Im Urlaub sind die Menschen besonders offen für Gottes Wort, für die Stille und für die Besinnung auf das Wesentliche im Leben. Vater verabschiedet die Gottesdienstbesucher an der Kirchentüre und wünscht einen schönen Urlaub und eine gute Erholung.

Die schöne Ferienzeit der Pfarrfamilie nimmt ihren Lauf. Ausflüge in die nähere Umgebung sind besondere Höhepunkte. Wir fahren nach Bergen aan Zee, ein etwas feudalerer Ferienort mit edleren Modegeschäften. Weil Mutti bald Geburtstag hat, darf sie sich ein Kleid aussuchen. Mutter entscheidet sich für ein hübsches Folklore-Kleid, richtig schick sieht sie darin aus. Ein anderer Ausflug führt uns nach Alkmaar mit seinem traditionellen Käsemarkt. In der großen Stadt Amsterdam machen wir eine Grachtenfahrt und vom Wasser aus gesehen bekommen wir einen Eindruck von Amsterdam. Es geht unter vielen Brücken hindurch, wir winken den Menschen fröhlich zu und sind glücklich, wenn sie zurückwinken. An einem anderen Tag fahren wir Richtung Norden nach Den Helder. Von dort aus setzt eine Autofähre Personen samt Auto auf die Insel Texel über. Hier bläst der Wind noch heftiger. Auf dem Deich grasen viele Schafe, ihr Geblöke ist weit zu hören.

Wir beobachten eine Familie, die etwas Gutes aus kleinen Tüten isst, es ist gelb und lang und hat die Form wie ein Stäbchen. Was genießen die Holländer da nur? Wir wollen es genauer wissen. Mein Bruder geht couragiert auf die holländische Familie zu, zeigt auf das Essbare in ihrer Hand und fragt: „Schmeckt es? Wo gibt es sowas zu kaufen?" Sie deuten auf eine Bude an der Straße, die nicht weit entfernt ist. Dort steigt Dampf auf und es riecht nach … Ja, wie denn? Wonach denn? Dürfen wir auch mal so etwas Leckeres probieren? Vati kauft für jeden eine kleine Portion „Pommes Frites". Die Pommes in Holland sind unvergleichbar gut, weil sie aus frischen Kartoffeln gemacht sind. Diese werden zu Stäben geschnitten und dann in gutem Öl ausgebraten. Leicht gesalzen schmecken sie einfach besonders knusprig und lecker! Marie leckt sich alle zehn Finger ab und sagt: „Das war gut. ‚Patat, Pommes Frites' heißen die Kartoffelstäbchen, das gibt es jetzt hoffentlich öfters."

So erleben und entdecken die Kinder immer wieder etwas Neues. Ein besonderes Fest in der Ferienzeit ist der Geburtstag unserer Mutter Mitte August. Morgens in der Frühe versammelt sich die Familie vor Muttis Schlafzimmer, jeder mit einer brennenden Kerze in der Hand. Die Kleinste öffnet ganz leise die Türe: „Mutti, bist du wach? Wir wollen dir gratulieren." „Natürlich bin ich wach, ich verschlafe doch nicht meinen Geburtstag." Ganz leise treten die anderen Kinder an Muttis Bett und stellen sich rundherum auf. Vati gibt ein Zeichen und alle stimmen in ein Segenslied für Mutti ein, die sich riesig freut. Wir Gratulanten überreichen ihr nacheinander unsere Kerzen und wünschen ihr ein frohes neues Lebensjahr. Mutti ist so gerührt und dankbar, dass sie eine solch liebe Kinderschar hat, jedes Kind wird gebührend umarmt und gedrückt. Als Letzter kommt Vati an die Reihe. Er hat beim Blumenhändler einen großen Strauß roter, langstieliger Rosen erstanden und überreicht Mutti mit einer galanten Handbewegung den wunderschönen Blumenstrauß. Eine Vase mit Wasser steht wie zufällig auf dem Tisch bereit. Dort hinein kommen die schönen Rosen. Vati hegt und pflegt den Strauß, schneidet die Rosen jeden Tag ein wenig zurück und stellt sie in frisches Wasser. Nachts werden die Blumen in Zeitungspapier gewickelt und in die Kühle gestellt. Bei so viel Pflege hält der Rosenstrauß mindestens eine Woche lang. Nach einem ausgiebigen Frühstück darf Mutti ihre Geschenke auspacken, die liebevoll auf einem Seitentisch aufgebaut sind. Wir Kinder haben ein Bild gemalt oder etwas Fantasievolles gebastelt. Von Vater bekommt sie das schöne Trachtenkleid, das Mutter so gut steht. „Marie, welches Geschenk ist denn von dir?" „Ich habe für Mutti ein Schmuckkörbchen gebastelt, aus Dünengras geflochten, mit Moos ausgepolstert und mit roten Beeren verziert." Mutti ehrt jedes Geschenk und bringt ihre Freude überschwänglich zum Ausdruck: „Vielen, vielen Dank! Ihr habt mir ja so schöne Geschenke gemacht." Für den Vormittag ist ein kleiner Ausflug nach Egmond aan Zee geplant, dort gibt es eine gemütliche Uferpromenade mit verschiedenen Ständen. Der Eiswagen interessiert die Kinder am meisten. Ein leckeres Eis wäre jetzt genau das Richtige. Tatsächlich zieht Vati sein Geldtasche und sagt großzügig: „Kinder, sucht euch eure Lieblings-Eissorte aus, mit einem Hörnchen dazu. Heute wird gefeiert!" „Ja, heute wird gefeiert!", wiederholt Marie laut. Der Eismann schaut verwundert als sich eins, zwei, drei, vier, fünf, sechs Kinder vor seinem Eisstand aufstellen. „Ihr gehört alle zu einer Familie?" „Ja, natürlich", sagt Vater im Hintergrund. „Und wir sind die stolzen Eltern." Er nimmt seine Ehefrau liebevoll in den Arm. „Unsere Mutter hat nämlich heute Geburtstag", ruft die Kleinste fröhlich. „Ach so ist das", geht der Eisverkäufer auf das Mädchen ein. „Dann bekommt eure Mutter aber eine extra große Portion Eis." Mittags ist die Familie daheim in ihrer Ferienwohnung. Zum Mittagessen gibt es Fisch, einen salzigen Matjes, den unsere Mutter so gerne mochte und eine geräucherte Makrele. Dazu ein frisches Brot und schon werden alle satt. Am Nachmittag kommt die Sonne heraus. Unser Geburtstagskind schlägt vor, sich ein wenig in den Garten zu setzen, da kann jeder seinem Hobby oder seinen Vorlieben nachgehen. Mutti nimmt ihre Stickarbeit zur Hand. „Du bist ja schon bald fertig mit dem Kissen, es wird ein besonders schönes mit den großen Blumen und den bunten Farben", lobt Marie die Stickerin. Lob und Anerkennung hat das Mädchen oft selber durch ihre Eltern erfahren. Die Wertschätzung eines Menschen findet sie lebenswichtig.

Vater hat seinen Zeichenblock vor sich liegen und zeichnet wie immer. Sein Motiv ist diesmal die „Witte Kerk" in Groet. Ja, man erkennt sie schon ganz gut. Vielleicht hätte unser Vater lieber Künstler werden sollen, aber als ein solcher ist es sehr schwer, sein Brot zu verdienen. Die Kinder spielen ihr Lieblingsspiel „Verstoppeltje", also Verstecken im Garten und rund um das Haus. Mittlerweile hat die Pfarrfamilie einen freundlichen Kontakt zu ihren

Gastgebern, der Familie Krol, hergestellt. Diese haben vier Kinder. Der Jüngste, Gerold, spielt öfter mit uns deutschen Kindern. Die anderen Sprösslinge sind schon fast erwachsen. Alle kommen und gratulieren unserer Mutter zum Geburtstag: „Hartelik gefeliciteerd met juli verjaardag." Dann gratulieren sie jedem von uns mit Handschlag zum Geburtstag unserer Mutter. Auf Niederländisch hört sich die Gratulation so an: „Gefeliciteerd van je moeder verjaardag." Wer eine solch fürsorgliche Mutter hat, dem kann man wirklich gratulieren. Die Familie Krol haben wir für den Abend eingeladen, ab siebzehn Uhr. Für den Besuch muss noch einiges vorbereitet werden. Alle helfen wie selbstverständlich mit. Im Wohnzimmer muss Platz für zwölf Personen geschaffen werden, also schleppen wir zunächst Stühle ins Zimmer. Dann wird der Tisch gedeckt, der Blumenschmuck verteilt und die Servietten schön gefaltet. Mutti hat schon auf der Rückfahrt von Egmond bei einem Konditor Kuchen besorgt. Und was das für köstliche Stücke waren! Sie sind klein, aber schmecken so fein und lecker. Gefüllt sind sie mit Marzipan, Schokolade oder Creme. Außerdem will Mutter zum Abend kleine Schnittchen anbieten, die noch in der Küche vorbereitet werden. Jetzt fehlen nur noch die Gläser und Getränke, und der Besuch kann kommen. Marie schaut, ob bei den Getränken auch eine Flasche Seven Up dabei ist, das ist ein ganz spritziger Sprudel mit Zitronengeschmack, den sie so gerne mag. Wenn nur unter dem Bett der großen Schwester nicht ab und zu solch eine Flasche Seven Up versteckt wäre, Marie kann dann nicht widerstehen. Mag man es ihr verübeln? Sie nimmt die Flasche dann heimlich, trinkt zwei, drei Schlucke davon, nur so viel, dass es nicht auffällt. So einen guten Saft gibt es zu Muttis Geburtstagfeier ganz ohne Heimlichkeiten. Marie hat für ihren kleinen Diebstahl längst Abbitte getan. Kurz nach siebzehn Uhr hören wir, wie unsere Gäste die Treppe heraufkommen. Mutter erhält schöne Geschenke, Pralinen und eine Duftkerze. Jetzt wird es richtig laut und fröhlich. Die Freunde greifen tüchtig zu und lassen sich die aufgetischten Herrlichkeiten schmecken. Als alle gesättigt und die Platten nahezu leergeräumt sind, werden Liederbücher verteilt. Erst singen wir Lieder in deutscher Sprache. Unsere holländischen Besucher müssen sich ganz schön anstrengen, um dem Text zu folgen. Dann wird es umgekehrt gemacht: Wir singen Loblieder auf Holländisch. Die schönen, getragenen Melodien klingen mir heute noch in den Ohren:

> *„Ik zie een poort wijd open staan, waardoor het licht komt stromen. Gnade Gods, zo rijk en vrij. Die poort staat open ook voor mij."*

Es ist ein richtig schöner, harmonischer Abend mit unseren Freunden in Groet. Muttis Geburtstag war für die Familie jedes Mal ein ganz besonderer Höhepunkt im Jahr.

Selbst noch nach vielen Jahren denkt Marie am vierzehnten August dankbar und auch mit etwas Wehmut an unsere Mutter. Dann kocht Marie schnell eine gute Tasse Kaffee. Sie tischt Kuchen auf, den sie in der Konditorei besorgt hat, süße Stückchen mit Marzipan und Schokolade. Und wollen wir wetten? Jetzt klingelt das Telefon, und die ältere Schwester ist am Apparat…

Kehren wir zurück nach Nordholland, wo die Pfarrfamilie noch zwei erlebnisreiche Ferienwochen vor sich hat. Am Strand ist es inzwischen etwas ruhiger geworden, einige Gäste sind schon wieder abgereist. Die Sonne steht nicht mehr so häufig am Himmel, aber das Meer ist im August angenehm aufgewärmt. Die Flut hat eines Nachts eine Sandbank geschaffen, vor der ein breiter Tümpel entstanden ist, der auch tief genug ist, um darin zu schwimmen. Schwimmen? Leider beherrscht Marie das noch nicht. In den hohen Wellen lässt es sich nur springen und toben, Schwimmen ist im Meer kaum möglich. Aber heute ist die Gelegenheit gekommen. In diesem Tümpel ist das Wasser ganz ruhig. Marie übt und übt, sie schwimmt hin und her, kann sich aber mit einem Fuß nicht vom Boden lösen. Dann, auf einmal, was ist das? Das Wasser trägt sie! Sie macht einen Schwimmstoß und dann noch einen. Es geht ja! Das Mädchen ruft freudig: „Ich kann schwimmen! Schaut her!" Sie macht es ihren Geschwistern vor. Auch die jüngere Schwester erfährt dieses Erfolgserlebnis zur gleichen Zeit. Auch sie ruft: „Ich kann schwimmen!" Ein unbeschreibliches Gefühl ist das, sich schwimmend zu bewegen. Schwimmen lernen ohne Anleitung muss uns erst jemand nachmachen. Später sind wir zu richtigen „Wasserratten" geworden.

In der letzten Augustwoche findet in Groet der „jaarlijks Lichtjesavend" statt, „met Lampionoptocht." Der jährliche Lichterabend ist wirklich etwas Besonderes. Im ganzen Dorf werden Lichter aufgestellt oder aufgehängt, bunte Lichterketten oder Teelichter. Wir beobachten vom Fenster aus, wie unser Nachbar kleine Gläser mit Kerzen auf seine niedrige Hecke stellt. Bei Anbruch der Dunkelheit werden alle Lichter angemacht, dann leuchtet und glänzt es vor jedem Haus und in jeder Ecke des Dorfes. Dann beginnt der „Lichtjesavend". Viele Menschen sind unterwegs, um den romantischen Abend zu genießen. Auch die Pfarrfamilie ist auf den Beinen. Wo bleibt der „Lampionoptocht?" Inzwischen ist es spät geworden, und die Dunkelheit senkt sich langsam über das kleine Dorf Groet. Jetzt leuchten die Lichter umso heller. Nun hört man einen Spielmannszug, der immer näherkommt. Die Kapelle spielt ein flottes Seemannslied. Die Menschen auf der Straße singen fröhlich mit. Viele haben eine Laterne in der Hand und reihen sich hinter die Kapelle in den Zug ein, der immer länger wird. Jetzt biegt der Lampionszug in den Dünenweg ab, vorbei an der Groeter Kirche. In den Dünen gibt es einen geschützten Platz, dort endet der „Lampionoptocht". Wer möchte, kann sich an den aufgestellten Buden mit einem Teepunsch aufwärmen und sich stärken. Für uns Kinder ist der erlebnisreiche Abend beendet und wir laufen müde zurück nach Hause.

Wenige Tage später heißt es für die Familie „Ade, liebe Nordsee!" Vier lange, erholsame Wochen durften wir in Holland bleiben. Alle sind von Sonne und Wind braungebrannt und gut erholt. Koffer und Taschen werden wieder hervorgeholt und gepackt. Komisch, auf der Hinreise passten alle Sachen in den Koffer, jetzt braucht Vater fast Gewalt, um die Taschen zu schließen. Nachdem wir alles gepackt haben, die Wohnung gereinigt ist und der Proviant vorbereitet, machen wir am Abend noch einen letzten Strandbesuch.

Wir haben Glück und erleben einen wunderbaren Sonnenuntergang. Die Sonne verschwindet wie ein roter Feuerball über dem Meer. Marie nimmt sich vor, dieses Naturwunder im Gedächtnis zu behalten. Bis zum nächsten Jahr, „tot fogendet jaar", so heißt es am Abreisetag. Es fällt uns gar nicht so leicht, von dieser Ferienidylle Abschied zu nehmen, geschweige denn von den Menschen. Es hat sich eine herzliche Beziehung zur Familie Krol entwickelt, besonders zu unserem kleinen Spielkameraden. Er läuft ganz bedrückt umher und schaut zu, wie das Auto beladen wird. Jetzt ist es Zeit einzusteigen. Gerold kann uns beim Händeschütteln kaum in die Augen sehen. Wir wiederholen immer wieder: „Tot volgend jaar!" Zu Mutter Krol sagen wir: „Bedankt vor alles! Het was erg leuk!" Als wir losfahren, steht unser holländischer Freund da und weint. Wir winken und winken bis die Familie Krol nicht mehr zu sehen ist.

„Het was erg leuk", denkt Marie die ganze Zeit, um ihren Abschiedsschmerz zu überwinden. „Es war wirklich schön!" Vati, unser Muntermacher, stimmt wie immer ein Lied an. So freuen wir uns auf die Rückfahrt. Marie verfolgt die Hinweisschilder an der Straße: Alkmar, Amsterdam, Arnheim ... gleich müsste die holländische Grenze kommen. Von Zeiten der Europäischen Union sind wir noch weit entfernt. An den Ländergrenzen geht es recht streng zu. Die holländischen Beamten fragen meist, ob man Kaffee, Tee oder Zigaretten eingekauft hat, dann wird auf die Ware Zoll erhoben. Zigaretten kommen bei uns nicht in Frage, Kaffee haben wir auch nicht eingekauft. Aber Tee, ja Mutti hat von dem guten, aromatischen Pick-Wick-Tee einige Päckchen gekauft und sie in verschiedenen Taschen und Koffern deponiert. Nun sind wir an der Grenze. Ein Zollbeamter mit einer roten Kelle, die „Stopp" bedeutet, winkt uns auf den rechten Fahrstreifen. Wir sind alle ein wenig aufgeregt und halten die Luft an. Der Mann in Uniform stellt nun die bedeutsame Frage: „Je hebt iets aan te geven?" Er bemerkt, dass es sich um Deutsche handelt. Also fragt er: „Haben Sie etwas zu verzollen? Kaffee, Tee, Zigaretten?" Mutti, entgegnet überraschenderweise: „Nein, zu verzollen haben wir nichts, aber wir freuen uns über unsere sechs lieben Kinder. Haben sie auch Kinder?" Das Gesicht des Beamten hellt sich auf: „Ich habe zwei, aber Sie ..." Er steckt seinen Kopf samt Mütze durch das Autofenster und zählt: „Eins, zwei, drei, vier, fünf. Oh, ich gratuliere zu Ihrer Kinderschar und wünsche eine gute Heimreise." Marie würde sich nicht wundern, wenn der Zollbeamte jedem Kind noch ein Stück Schokolade geschenkt hätte. Der Beamte führt zum Gruß seine Hand an die Mütze, lässt den Schlagbaum hoch und winkt uns durch. Das ist ja noch einmal gut gegangen, dank Mutter, die so schlagfertig war und den Beamten um den kleinen Finger gewickelt hat. Wir Kinder waren während der ganzen Unterredung still. Erstaunlicherweise wussten wir in fast jeder Situation, wie wir uns verhalten sollten. Dabei hielten unsere Eltern im Hintergrund unmerklich die Fäden in der Hand. Nachdem wir die Grenze passiert hatten, löste sich die Spannung und wir lachten und lachten. Wie gut Mutter die Lage entschärfen konnte. Und wie er uns gezählt hat! Wir machten die Stimme des Beamten nach: „Eins, zwei, drei, vier ..."

Nun waren wir wieder auf deutschem Boden. Irgendwie spürte Marie ein erhebendes Gefühl. Zur Mittagszeit machten wir eine längere Rast, besonders Vater brauchte dringend eine Ruhepause. Wie auf der Hinfahrt legten wir einen Reisestopp mit Übernachtung ein, dann war die lange Fahrt für Vati als Autofahrer nicht so anstrengend. Nach einer erholsamen Nacht geht die Fahrt mit neuen Kräften Richtung Westerwald weiter. Je näher wir unserem Zuhause kommen, desto aufgeregter sind die Kinder. Sich auf eine Reise zu begeben ist mit viel Vorfreude verbunden, aber nach Hause zu kommen, ist unbeschreiblich aufregend und schön. Vati fährt auf dem Rückweg die romantische Straße am Rhein entlang, von Düsseldorf über Leverkusen, Köln und Bonn. Bald liest Marie das Hinweisschild „Neuwied". Sie weiß, jetzt ist es nicht mehr weit. Vater muss nur noch die Steige mit den vielen Kurven fahren, dann sehen wir unser Dorf, unser Dierdorf, in einer Senke vor uns liegen. Als wir in die Pfarrstraße einbiegen, jubeln die Kinder: „Wir sind wieder daheim!" Wir springen aus dem Auto, und schon sind die Pfarrerskinder an der Haustür. Vati schließt auf, da kommt uns Bobby, unser Hund, mit lautem Freudengebell entgegengesprungen. Er wurde während unserer Abwesenheit von Resi betreut. Wer meint, Tiere können keine Gefühle zeigen, der irrt. Bobby zeigt seine Wiedersehensfreude ausdrucksvoll. Er rennt im Kreis um uns herum, springt jedes Familienmitglied an, saust die Treppe hinauf und hinunter, lässt sich von uns streicheln und beruhige sich nur allmählich. Vor lauter Angst, wir würden wieder fortgehen, bleibt er immer in Vaters Nähe. Nach dieser freudigen Begrüßung rennen wir die Treppe hinauf, wir stolpern fast, weil unsere Beine eine so breite Treppe nicht mehr gewöhnt waren. Im Mädchenzimmer lässt sich Marie mit einem „Juhu" auf ihr Bett fallen, nimmt ihre Puppe auf den Arm und tanzt mit ihr im Zimmer herum. Wie schön, wieder im eigenen Bett zu schlafen, in den eigenen vier Wänden zu sein! Nun hören wir Vati rufen: „Bitte runterkommen und helfen!" Ja klar, das Auto musste noch ausgeräumt werden. Eifrig laufen wir hin und her und tragen Taschen, Bettsachen, Decken und andere Dinge ins Haus. Bis diese alle wieder ihren Platz gefunden haben, wartet noch viel Arbeit. Doch auf wen? Auf Mutti natürlich. Man stelle sich nur einmal den riesigen Berg an Schmutzwäsche vor, den unsere fleißige Mutter zu bearbeiten hatte. Wäsche von einer achtköpfigen Familie. Eine Waschmaschine besaßen wir nicht, also wurde die Wäsche sortiert, nach Farben und Material, dann in Körbe gepackt und zur Wäscherei ins Dorf gefahren. Frisch gewaschen und gefaltet kamen die Wäschestücke zurück. Die wichtigsten Teile, wie Hemden und Blusen, wurden anschließend sorgfältig von Mutter gebügelt. Der Alltag hat uns wieder. Schöne Fotos aus dem Urlaub erinnern uns an die erholsame Zeit an der Nordsee.

Nach einem schönen Sommer beginnt der September. Marie geht mit ihrem Ranzen auf dem Rücken wieder in die Schule. Ihre Mitschüler staunen darüber, wie braungebrannt Marie aussieht. Sie würden sich noch mehr wundern, wenn sie wüssten was wir alles gesehen und erlebt haben, denkt das Mädchen. Aber sie äußert sich nicht, als die Lehrerin die Schüler auffordert: „Erzählt doch mal von euren Ferien." Und zu Marie gewandt: „Wo wart ihr denn mit der Familie?" Marie antwortet nur: „Wir waren in Holland an der Nordsee." Sie hat keine Lust noch mehr von ihren Erlebnissen preiszugeben, was geht das die Lehrerin an? Mutti hatte uns beigebracht, dass wir einfach Folgendes sagen sollten, wenn wir ausgefragt wurden, denn neugierige Gemeindeglieder gab es immer: „Das wird sich alles noch ergeben." Mit dieser Antwort wurden diese Menschen still und fragten nichts mehr. Einmal stellte uns ein Gemeindemitglied die Frage: „Ihr seid ja eine große Familie, vertragt ihr euch auch untereinander?" Marie musste nicht lange überlegen, sondern gab zur Antwort: „Wirklich streiten im Zorn, das gibt es bei uns nicht. Wir necken uns und machen Ringkämpfe, um unsere Kräfte zu messen. Da geht es dann wirklich hoch her, aber nur im Spaß."

Inzwischen weiß Marie, was die Lehrerin damals mit „asozial" meinte. Sich sozial verhalten, so erklärt sie es ihrer jüngeren Schwester bedeutet, hilfsbereit sein und den anderen achten. Ein asoziales Verhalten meint das Gegenteil, da tut man dem anderen etwas Böses an. Solch ein Verhalten musste Marie eines Tages am eigenen Leib erfahren. Das Mädchen spielt mit ihren jüngeren Geschwistern wieder einmal „Schule". Die kleine Lehrerin will mit Kreide etwas an die Tafel schreiben. „Oh, die Kreide ist ausgegangen. Ich weiß, wo wir neue herbekommen. An der Hauptstraße, hinter dem Uhrturm steht ein altes Haus, es wird bald abgerissen. Da habe ich weiße Steine gesehen, richtige Kreidesteine. Wir laufen schnell los und holen uns welche." Man muss wissen, dass Mutter den Kindern untersagt hatte, Haus und Garten zu verlassen, ohne sie zu fragen. Marie wusste sehr wohl von Mutters Anweisung, aber sie meinte: „Wenn wir uns beeilen, sind wir in fünf Minuten wieder hier." Also rannte sie mit ihrer Schwester los, die Kleinste blieb dort. „Du kannst solange schaukeln, wir sind gleich wieder da." Ich sehe die Mädchen die Pfarrstraße hinauflaufen, nun sind sie an der befahrenen Hauptstraße, halten sich links und laufen am Uhrturm vorbei. „Da ist das baufällige Haus und dort sind die Kreidesteine." Ein rotweißes Band ist gespannt und ein Schild steht dort. Marie, die zu diesem Zeitpunkt noch in der Anfängerklasse ist, liest laut vor: „Beten verboten". Naja, denkt sie, bei so einem alten Haus nützt auch das Beten nichts mehr. Gerade beugen sich die Mädchen über das Band, um die ersehnten Kreidesteine aufzuheben, da tönt eine laute Stimme: „Halt! Was macht ihr da?" Sie schauen auf und sehen eine Klassenkameradin mit ihrer Mutter. Die böse Stimme schimpft weiter: „Ihr wolltet Steine klauen, obwohl hier deutlich „Betreten verboten" steht. Das gibt eine Anzeige bei der Polizei! Vielleicht auch eine Gefängnisstrafe. Macht, dass ihr hier wegkommt!" Die beiden Mädchen sind ganz verstört und laufen so schnell sie können nach Hause. Mutti hat nichts bemerkt. Marie glaubt alles, was ihr die Erwachsenen sagen. Sie beschließt, dass sie alle Schuld auf sich nimmt, die jüngere Schwester ist noch zu klein für die Gefängnisstrafe. Am Abend, als Mutter den Kindern das Essen bringt, kann Marie nicht einen Bissen essen, sie ist ganz bleich und still. Sie wird doch wohl nicht krank werden, denkt Mutter. Am nächsten Tag will Marie nicht in die Schule gehen. „Dem Kind fehlt doch etwas." So geht es einige Tage bis Mutter meint: „Jetzt ist aber Schluss, ich muss wissen, was mein Kind hat." In einer ruhigen Stunde nimmt Mutter das sonst so fröhliche Mädchen auf den Schoß: „Fehlt dir etwas Marie? Du kannst es mir doch sagen." Nun beginnt Marie endlich zu sprechen. Mutter hört etwas von Polizei und Gefängnis. „Ja, wer hat dir denn solch einen Unsinn gesagt?" „Die Mutter von Renate Jung aus meiner Klasse." Marie erzählt die ganze Geschichte von den Kreidesteinen. „Diese unmögliche Frau wollte euch doch nur Angst machen, sie hat sich über euch Kinder lustig gemacht!" Mutti ist ganz aufgebracht und läuft zu Vater, der in seinem Arbeitszimmer die Predigt vorbereitet. Vati hört sich die ganze Sache an und wird richtig wütend: „Diese Frau Jung werde ich zur Rede stellen! Meine Kinder so einzuschüchtern, die ja gar nichts Böses getan haben. So ein Blödsinn, Kindern mit der Polizei zu drohen." Vater stürzt ans Telefon und wählt die Nummer. Frau Jung ist selbst am Apparat. Da legt Vati los: „Hier spricht der Pfarrer dieser Gemeinde. Was haben Sie sich eigentlich dabei gedacht, meinen Kindern Gefängnis als Strafe anzudrohen? Sie sind wohl nicht mehr ganz gescheit! Wir erwarten eine entsprechende Entschuldigung von Ihnen, wenn nicht sogar eine Wiedergutmachung! Meine Marie war drei Tage lang krank. Sie hat Ihren dreisten Worten geglaubt und sich alles zu Herzen genommen. Also Sie wissen Bescheid, was Sie jetzt zu tun haben!" Auf die Wiedergutmachung wartet Marie heute noch. Das ist für Marie eine erste bittere Erfahrung, nämlich, dass sie Erwachsenen nicht bedingungslos trauen darf und kann, weder ihren Worten noch Taten. Aber das Mädchen hat auch gelernt, wie befreiend es ist, seine Nöte und Ängste jemandem anzuvertrauen. Schon bald sieht man Marie wieder fröhlich im Garten herumspringen, und das Essen schmeckt ihr auch wieder.

Der Herbst schickt in der Natur seine ersten Boten voraus. Die Blätter an den Bäumen färben sich allmählich bunt, im Garten blühen Herbstastern und die roten Laternenblumen, die Kartoffelernte ist in vollem Gang, die Felder der Bauern sind abgeerntet und das Korn ist eingefahren. Der Wechsel von Säen und Pflanzen zu Wachsen und Ernten lässt sich auf dem Land hautnah miterleben. Wenn die Ernte gut ausfiel, waren die Landwirte sehr zufrieden und brachten ihren Dank deutlich zum Ausdruck. Das Erntedankfest im Oktober hat auf dem Land noch einen ganz anderen Stellenwert als in der Stadt. Der Altarraum in der Kirche wird dann besonders schön mit Blumen und Zweigen geschmückt. Jede Familie bringt einen prall gefüllten Korb mit Äpfeln, Birnen und Pflaumen. Da liegen auch ein ganzer Kartoffelsack und verschiedene Lebensmittel wie Mehl, Grieß, Butter und Zucker. Auf dem Altar selbst liegt ein großes Bauernbrot, und daneben ist eine Schale mit reifen Trauben. Marie schaut gerne zu, wenn die Frauen aus dem Dorf den Erntedanktisch vorbereiten. Auf der Empore stellt sich gerade der Kirchenchor auf, er will für den Gottesdienst zu Erntedank die Lieder üben. Bald klingt und schallt es in den Kirchenraum: „Wir pflügen und wir streuen." Marie singt mit: „Den Samen auf das Land. Alle gute Gabe kommt her von Gott, dem Herrn, drum dankt ihm und hofft auf ihn." Ein Pfarrerskind kann die Erntedanklieder natürlich auswendig.

Damals waren die meisten Familien im ländlichen Städtchen Selbstversorger. Sie lebten von den Früchten im Garten und auf dem Feld. Im Stall standen Kühe und Schweine, und auf dem Hof liefen Hühner herum. Im Herbst war es bei den Bauern üblich, ein Schwein zu schlachten, um im Winter genügend Vorräte an Fleisch und Wurst zu haben. In unserer Nachbarschaft wohnte die Familie Großhans. Wir konnten vom Fenster aus gut in ihren Hof schauen. Ein Schlachttag war für Montag angesetzt. Der Metzger rückte schon sehr früh morgens an, um das gemästete Schwein zu schlachten. Als wir aufwachten und aus dem Fenster schauten, hingen zwei Schweinehälften auf einer Leine im Nachbarshof. Im Laufe der Woche wurde das Fleisch zerschnitten und verarbeitet, zu Schnitzeln, Koteletts und Würsten. Es gab frische Würste und in Dosen eingeschweißtes Schweinefleisch. Am Nachmittag klingelte es an unserer Tür, die Nachbarin stand mit einem Korb im Arm da. „Wollte euch nur Ebbes bringe vom Schwein, Leberwürste und Blutwürste, ganz frisch." Unten im Korb lag noch ein knuspriges Bauernbrot. Für jedes Kind hatte sie eine Miniwurst abgefüllt. Wir nannten die kleinen Würste

„Heinzelmännchen." Sie schmeckten unglaublich gut, dazu gab es das frische Brot. „Vielen Dank Frau Großhans, das ist ja ganz reizend von Ihnen", bedankte sich unsere Mutter. Ja, so waren die Menschen im Dorf. Sie beschenkten uns oft und gerne. „Damit die vielen Kinder des Herrn Pfarrer auch nicht verhungern müssen." Wenn Vati einen Hausbesuch machte, kam er oft mit Essbarem in der Tasche zurück. Er brachte Zwiebeln, Möhren und Salat mit, ganze Würste, einen Schinken und natürlich Eier, wenn diese nicht als Rührei zu Hause ankamen.

Einmal wollte Vati einen Hausbesuch im Nachbarsort machen. Er traf die Familie nicht im Haus an, hörte aber Stimmen im Stall. Also ging er in den Kuhstall, wo gerade eine Mutterkuh kalbte. Der Geburtsvorgang hatte schon eingesetzt, irgendetwas lief dabei jedoch schief. Der Tierarzt war in aller Eile informiert worden, aber er ließ auf sich warten. Das arme Tier mühte sich ab, Hilfe war dringend nötig. Der Bauer schaute den Pfarrer verzweifelt an. Vati krempelte schon einmal seine Ärmel hoch, er war auf alles gefasst. Da hörte man im Hof ein Auto vorfahren, der Tierarzt stürzte schnellen Schrittes in den Kuhstall, erkannte die lebensgefährliche Situation und handelte unverzüglich. Wenige Minuten später lag ein neugeborenes Kalb im Stroh, die Mutterkuh leckte es ab und stupste es liebevoll. Das Kleine sollte aufstehen und anfangen zu trinken. Im Dorf erzählte man sich später: „Der Herr Pfarrer hat sich nicht gescheut, er hat seine Ärmel hochgekrempelt und tüchtig zugepackt und dem Kalb ins Leben geholfen. Sind wir froh, solch einen Pfarrer zu haben!" Nach diesem Erlebnis im Kuhstall klingelte es nahezu täglich an unserer Haustür. Fast verlegen schob sich dann ein Gemeindemitglied in unseren Flur und stellte einen Korb mit leckeren Sachen hin. „Wir dachten, ... wir wollten, ... weil der Herr Pfarrer doch so tüchtig ist." Meine Mutter bedankte sich über alle Maßen und erreichte dadurch, dass der essbare Segen noch größer wurde. Wir waren nicht zu stolz, diese Gaben anzunehmen, denn wir konnten sie wirklich gut gebrauchen. Leider wussten wir oft nicht mehr, wem welcher Korb gehörte und konnten so die Behältnisse auch nicht zu den Besitzern zurückbringen. Schade! Marie meinte: „Ist auch nicht so schlimm, ich kann einen Korb gebrauchen."

Mutter kaufte bei Bauer Großhans noch einige Wurst- und Fleischdosen. So konnte die kalte Jahreszeit kommen, Mutter hatte ja für die Familie vorgesorgt. Als Maries ältester Bruder ein neues Regal zimmerte, für die vielen Dosen und Gläser, war unsere Mutter hoch erfreut. Jetzt fehlte nur noch das Brennmaterial für den Ofen. Vater hatte zeitig genug Kohlen und Holz bestellt für den großen Heizofen im Keller. Endlich wurde das Brennmaterial geliefert. Ein LKW mit der Aufschrift „Kohlen Max" fuhr vor den Kellerschacht vorne vor dem Haus, betätigte die Ladeklappen und schon sauste die Kohle in Form von Briketts in die Tiefe. Wir Kinder beobachteten die Kohlelieferung vom Fenster aus. Zum Schluss musste Vati noch einen Zettel zur Bestätigung unterschreiben, dann fuhr der „Kohlen Max" wieder fort. Vater hatte zum Glück einige Jugendliche gefragt, ob sie helfen könnten die Briketts in den Keller zu befördern. Eine ganze Gruppe rückte an, in kurzer Zeit war die Arbeit getan. Mutter reichte den jungen Leuten als Dank ein Vesper. Auf dem Land wurde selten mit Geld bezahlt, vielmehr fand ein Tauschhandel mit Materialien statt. Den Kohlehändler musste Vati natürlich mit barer Münze bezahlen, mit einem Wurstbrot wäre er sicher nicht zufrieden gewesen.

Es ist Oktober geworden, ein „goldener" Oktober in diesem Jahr. Auch wenn der Wind schon heftiger und kälter bläst, so gibt es doch noch einige warme Stunden. Im „Westerwälder Lied" heißt es:

„O, du schöner Westerwald,
über diese Höhen pfeift der Wind so kalt,
jedoch der kleinste Sonnenschein, dringt tief ins Herz hinein."

Vater nutzte die Mittagssonne aus, um im Garten die letzten Arbeiten vor dem Winter zu verrichten. Er grub das Gemüsebeet um, nur eine Reihe Grünkohl stand noch. Dann schnitt er Büsche und Hecken und rechte das Laub zusammen. „Kinder, kommt mal. Wollen wir heute Abend ein Herbstfeuer anzünden?" Damals war es noch gestattet, im eigenen Garten Laub und Holz abzubrennen. „Gut, dann tragt die dürren Äste zusammen und schichtet sie so auf", Vater zeigte es uns. „Die Zweige müssen wir dann vorsichtig mit Laub abdecken. Ja, so ist es gut. Holt jetzt noch eine alte Zeitung und Streichhölzer aus meinem Arbeitszimmer. Dann ist alles für unser Herbstfeuer vorbereitet." Als es dämmerig wurde, ging es endlich los. Vater brannte eine Zeitung an und stopfte sie ganz unten in den Reisighaufen. Er musste sich fast flach auf die Erde legen und fing an kräftig zu blasen. Schon loderten die ersten Flammen und griffen nun auf Zweige und Laub über. Vati brachte jeden Ofen und jeden Laubhaufen zum Brennen. Jetzt sprühten die Funken und die Flammen stiegen höher. „Geht drei Schritte zurück, Kinder." Wir gehorchten und schauten dem Schauspiel fasziniert zu. Allmählich sank das Feuer in sich zusammen. „Jetzt könnt ihr euch von Mutti eine Kartoffel geben lassen." Wir rannten los. Mutti suchte die dicksten Kartoffeln aus und wickelte sie für uns in eine Folie. „So verbrennt euch die Kartoffel nicht." In der heißen Glut wurden die Kartoffeln schnell gar. Mit Genuss verspeisten wir unsere „Ofenkartoffel". Sie schmeckte besser als in jedem guten Gasthaus.

Noch genießen wir ein paar sonnige Herbsttage im Oktober. Dann naht der Monat November und mit ihm ein großes Ereignis, das unser Familienleben völlig veränderte. Das siebente Kind ließ nicht länger auf sich warten, sondern drängte ins Leben. Unsere Mutter war in dieser Zeit öfter müde und erschöpft und musste sich hinlegen. Dann hieß es: „Seid leise, Mutti muss sich ausruhen." Eigenartigerweise merkte Marie von der körperlichen Veränderung ihrer Mutter nichts. Eine Schulkameradin machte sie darauf aufmerksam: „Deine Mutter ist aber dick." Da wurde Marie richtig zornig: „Meine Mutter ist nicht dick!" Daheim betrachtete das Mädchen ihre Mutter heimlich. Von hinten sah sie ganz normal schlank aus. Naja, von der Seite wölbte sich doch ein Bauch vor. Marie hatte bisher keine Fragen zur Entstehung neuen Lebens gestellt. Dazu lebte sie noch zu sehr in einer kindlichen und behüteten Welt.

Es geschah an einem Montag in der zweiten Novemberwoche. Eine Hausgeburt war geplant, wenn alles normal lief. Die Hebamme war schon einsatzbereit vor Ort. Mein ältester Bruder hatte den Auftrag, mit den Geschwistern einen kleinen Ausflug zu machen. Er nahm seine Verantwortung sehr ernst, packte für die Geschwisterschar Butterbrote und Getränke in einen Rucksack, schaute nach, ob alle warm angezogen waren, und der Spaziergang konnte beginnen. Die Kinderschar lief über die kleine Brücke am Holzbach, überquerte die Bahnhofstraße, lief durch das neue Wohngebiet oberhalb der Bahnstrecke und bog in einen Feldweg ein. Dieser führte auf eine kleine Anhöhe, von den Bewohnern die „Kuh" genannt. Dort standen zwei Bäume, in der Mitte war eine Bank. Von hier aus bot sich ein schöner Blick auf das Städtchen mit seinen Mauern und Türmen. Das war das Ziel der Wanderung. Dort angekommen, gab es erst einmal ein Vesper. Maries großer Bruder musste die Geschwister möglichst lange und gut beschäftigen. „Wir könnten doch Fangen spielen", schlägt Marie vor. „An der Bank ist man frei und darf nicht gefangen werden." Nach dem Spiel tranken alle noch einen Schluck Saft, und dann setzte sich die kleine Gruppe wieder in Bewegung. Eine gute Bekannte der Familie hatte angeboten, dass die Pfarrerskinder nachmittags zu ihr kommen könnten. Sie hieß Frau Schmidt und wohnte in der Nähe des Dierdorfer Bahnhofs. Also machten sich die Kinder auf den Weg dorthin. Die nette Bekannte hatte sich viel Mühe gemacht und Pfannkuchen für die Kinderschar gebacken. Als alle um den Küchentisch herumsaßen, einen Teller mit Pfannkuchen vor sich, klingelte es an der Haustüre. Es war Vati. „Kinder", sagte er, und sein Gesicht leuchtete vor Freude, „Kinder, stellt euch vor, wir haben einen kleinen Jungen bekommen. Mutti geht es, Gott sei Dank, soweit gut. Ihr dürft jetzt nach Hause kommen." Die Kinder ließen alles stehen und liegen, den leckeren Pfannkuchen und ihr Getränk. Sie konnten gar nicht schnell genug nach Hause rennen. Frau Schmidt packte in aller Eile die Pfannkuchen ein.

„Seid aber ganz leise, der Kleine schläft", ermahnte Vati die Kinder. So betraten wir fast ehrfurchtsvoll das elterliche Schlafzimmer. Da sahen wir Mutti im Bett, viel bleicher und zarter als sonst. Ja, und in ihrem Arm lag ein ganz kleines Menschenkind, es hatte die Augen geschlossen, die winzig kleinen Hände zu Fäusten geballt, das Gesichtchen war gerötet. Marie spürte das Besondere in dieser Stunde angesichts der Hilflosigkeit des kleinen Geschöpfs. Dieses neugeborene kleine Kind brauchte viel liebevolle Zuwendung bis es selbstständig durch unsere Welt gehen konnte.

Mutti musste nun viel Zeit für das Baby aufbringen, aber sie machte es richtig, wenn sie die Geschwisterkinder von Anfang an miteinbezog und sie kleine Aufgaben erledigen ließ. Marie freute sich, wenn sie ihren Bruder im Kinderwagen ausfahren durfte. Sie war dann richtig stolz, weil sie schon Verantwortung übernehmen konnte. Die Menschen im Dorf hatten einmal wieder neuen Gesprächsstoff: „Stellt euch vor, unsere Frau Pfarrer hat ein Kind bekommen, jetzt sind es sieben an der Zahl." Marie dachte sich einen kleinen Liedvers aus. Während sie den Kinderwagen schob, sang sie leise vor sich hin:

„Eins, zwei, drei, vier, fünf, sechs, sieben – eine glückliche Familie!"

Mit dem November begann langsam die dunklere Jahreszeit. Wir Kinder merkten es beim Spielen am Nachmittag, es wurde viel früher dämmerig als sonst. Aber wir liebten diese Zeit im Jahr auch, war sie doch mit manchen geheimnisvollen Gewohnheiten verbunden. Da gab es zuerst das Laternenfest Mitte November. Wenn wir am „Martinstag" in der Früh erwachten und die Augen aufschlugen, hing über unserem Kopf eine Laterne. „Oh, wie schön meine Laterne ist. Danke, liebe Mutti!" Wir Mädchen übten schon einmal die Laternenlieder und zogen singend, die Lampions in der Hand, durch unser Zimmer. „Ich gehe mit meiner Laterne und meine Laterne mit mir …" Am Nachmittag duftete es im ganzen Haus nach dem traditionellen Martinsgebäck, den „Mutzen". Das war ein in Fett herausgebackenes Hefegebäck mit Rosinen. „Mhm, wie lecker." Bei Einbruch der Dämmerung zogen wir uns warm an. Vater zündete die Kerzen in den Laternen an, und unser kleiner Laternenzug konnte losziehen. Wir liefen im

Garten herum und sangen alle Laternenlieder, die wir kannten. Vati spielte die Melodien recht flott auf der Mundharmonika. Es hörte sich an, als käme ein richtig großer Laternenumzug daher. Schließlich kehrten wir ins Haus zurück. Mutter wartete im Esszimmer auf uns, dort gab es für jeden Nüsse und Äpfel und einen „Weckmann". Dieses Gebäck kennt man nur im Rheinland. Es ist ein mit Hefeteig gebackenes Männlein, mit Rosinen für Augen, Mund und Nase und einer kleinen Tonpfeife im Arm. „Woher kommt eigentlich der Brauch, den Kindern am Martinstag einen Weckmann zu schenken?" Mutter wusste dazu eine Erklärung: „Ursprünglich sollte der Weckmann den Nikolaus darstellen, mit einem Bischofsstab. Einmal waren einem Bäcker in der Vorweihnachtszeit die kleinen Bischofsstäbe ausgegangen. Als er an einem Tabakgeschäft vorbeilief, sah er in der Auslage kleine Tonpfeifen und er fand, dass sie wie umgekehrte Bischofsstäbe aussahen. Er nahm sie seitdem, um seine Weckmänner zu verzieren. In den Niederlanden nennt man den Weckmann übrigens „Buikman".

Mit dem Martinsfest begann für uns die schönste und spannendste Zeit im Jahr, die Vorweihnachtszeit. Wenn Mutti abends Kerzen anzündete, mit uns Lieder sang und Geschichten erzählte, wurde es Marie ganz „heimelig" zumute. Sie schaut in die flackernde Kerze, hört Muttis Stimme und singt die Lieder andächtig mit. Jedes Kind hatte ein eigenes Abendgebet, das es laut beten durfte.

Mutter erklärte uns, was die Adventszeit bedeutet: „Advent heißt warten und sich vorbereiten, auf Jesus und sein Kommen in diese Welt. Wir können uns innerlich und äußerlich auf Weihnachten vorbereiten." Dann fangen wir mit den äußerlichen Vorbereitungen an, dachte sich Marie. Vater hatte Tannenzweige von einem Bauern bekommen, sie lagen auf der Terrasse im Garten. „Ihr könnt das Haus damit schmücken", sagte er. Das ließen wir uns nicht zweimal sagen und gingen eifrig ans Werk. Jede Ecke und jeder Winkel in unserer Wohnung wurde mit Tannenzweigen geschmückt, sogar am Treppengeländer befestigten wir einige Tannenwedel. Im Flur stand eine große Bodenvase, die Mutter mit passenden Zweigen gefüllt hatte. „Wisst ihr was, vielleicht könnt ihr für die Zweige ein paar schöne Sterne basteln, die wir als Schmuck daran hängen", meinte sie. „Oh prima, das machen wir!" Mutti wusste uns immer für eine Tätigkeit zu begeistern. Der Esszimmertisch, an dem sich vieles abspielte, wurde leergeräumt. Dann suchten wir nach Scheren im Haus, den Kleber besorgten wir uns aus Vatis Arbeitszimmer. „Aber wiederbringen", mahnte Vater. Seinen neuen Kleber sollte er jedoch zum letzten Mal gesehen haben. Fehlte nur noch die Gold- und Silberfolie. Mutti hatte sie vorsorglich eingekauft. „Ich weiß, wie man Goldsterne bastelt", sagt Marie. „Unsere Lehrerin in Handarbeit hat es uns beigebracht." Los ging die Bastelarbeit. Es wurde geschnitten, gefaltet und geklebt – bis genügend Sterne glänzend vor uns lagen. „Das habt ihr gut gemacht", lobte Mutti unsere Bastelei, auch wenn manche Sterne recht schief und krumm waren. Resi, unser Hausmädchen, befestigte noch einen Zwirnsfaden an jeden Stern. Dann durften wir die Gold- und Silbersterne aufhängen und die Zweige in der Vase damit schmücken.

In unserer Familie kannten wir weder den Nikolaus mit Knecht Ruprecht, noch den Weihnachtsmann. Wir Kinder glaubten fest an das Christkind, das uns die Geschenke brachte. Am Abend vor jedem Adventssonntag durften wir ein Tellerchen auf die Fensterbank stellen. Und, oh Wunder, am nächsten Tag fanden wir unseren Teller gefüllt mit Plätzchen und einer Mandarine. Mit jedem gefüllten Tellerchen steigerte sich unsere Vorfreude auf das Weihnachtsfest. Am zweiten Adventssonntag wachte Marie in der Nacht zuvor auf, in der festen Überzeugung, sie habe das Christkind gehört und gesehen. „Das erzähle ich aber meiner Familie morgen, dachte sie. Als alle am Frühstückstisch saßen und Vati das Morgengebet gesprochen hatte, hielt es Marie nicht länger aus. „Wisst ihr was?", platzte es aus ihr heraus. „Heute Nacht habe ich tatsächlich das Christkind gehört und seine helle Gestalt gesehen." Meine Familie schaut Marie irgendwie ungläubig an, nur die kleinen Geschwister machen verständnisvolle Gesichter. Komisch, erst erzählen uns die Großen vom Osterhasen und vom Christkind, und dann glauben sie selber nicht daran.

Natürlich wurden in der Adventszeit auch Plätzchen gebacken und Christstollen für die Festtage. Dann war Mutti in ihrem Element. Sie maß Mehl und Zucker in ihrem speziellen Messbecher ab, gab Butter, Eier und Gewürze hinzu. Dann wurde der Teig kräftig durchgeknetet und ausgerollt. Jetzt kam der Teil, bei dem wir helfen durften. Mit Ausstechformen bearbeiteten wir den Teig bis zum letzten Rest. Viele Herzen, Sterne und Engel wurden im Herd goldbraun gebacken und in großen Dosen verstaut. Mutter ließ uns immer einen Teller voll Plätzchen zum Naschen, so kam kein Kind auf die Idee etwas aus den Vorratsdosen zu stibitzen. Wie gut es im ganzen Haus nach diesem Gebäck roch, richtig weihnachtlich!

In der Adventszeit hörte man auch häufig weihnachtliche Melodien, die wir Kinder auf dem Klavier oder auf der Flöte spielten. Marie und ihre älteren Geschwister hatten seit Oktober Flötenunterricht bei einer ehemaligen Lehrerin. Sie führte uns in die Notenlehre ein und brachte uns die Griffe auf der Flöte bei. „Wenn ihr fleißig übt, könnt ihr zu Weihnachten einige Lieder vorspielen", versprach sie uns. Die strebsame Marie übte natürlich fleißig, weil sie ein Ziel vor Augen hatte. So tönten abends aus dem Mädchenzimmer melodische oder auch weniger reine Töne. Da brauchte man zuweilen recht gute Nerven.

Auch in der Gemeinde bereitete man sich auf vielerlei Weise auf das Christfest vor. Die Kirche wurde geschmückt, zwei riesige Tannenbäume rechts und links vom Altar aufgestellt und mit großen Strohsternen und Kerzen versehen. Die Krippe fand erst kurz vor dem Weihnachtsfest ihren Platz unter dem Tannenbaum. Der Kirchenchor übte unter fachkundiger Leitung eifrig für den Heiligen Abend. Zum Christfest war das „Vier-Ecken-Singen" ein fester Bestandteil des Gottesdienstes. Dazu teilten sich die Chorsänger in vier Gruppen auf und stellten sich in die vier Ecken des Kirchenraumes auf der Empore. Bei dem Weihnachtschoral sollten auch Kinderstimmen erklingen. Deshalb warb der Chorleiter um sangesfreudige Kinder im Dorf. Wir Pfarrerskinder gehörten natürlich dazu. Marie fiel auf, dass vieles wie selbstverständlich von den Kindern einer Pfarrfamilie erwartet wurde. Die erste Chorprobe fing an, etliche Kinder waren dazu gekommen. Der Chorleiter begann mit der Einteilung der Gruppen. Uns Pfarrerskinder wollte er trennen und in verschiedenen Ecken aufstellen lassen. Da hatte er aber nicht mit unserem starken Willen gerechnet. „Wir möchten alle zusammen in der vierten Ecke singen. Wenn das nicht geht, machen wir gar nicht mit", protestierten wir. „Ist ja gut, ihr dürft alle zusammenbleiben", beschwichtigte uns der Chorleiter. Die vierte Ecke war gleich in der Höhe der Kanzel. Wir konnten also unseren Vater bei der Predigt sehen und sogar mit ihm sprechen. Nach dieser etwas schwierigen Gruppeneinteilung wurde endlich der Weihnachtschoral eingeübt.

„Den die Hirten lobeten sehre", klang es aus der einen Ecke der Kirche. „Und die Engel noch viel mehre", antwortete die zweite Gruppe. „Fürcht' euch fürbass nimmer mehre", sang die Gruppe in der dritten Ecke. „Euch ist geboren ein König der Ehren", schmetterten wir aus der vierten Kirchenecke. Danach sang der Chor gemeinsam: „Heut sein die lieben Engelein in hellem Schein erschienen bei der Nachte …" Auch wenn die Ausdrucksweise für Kinderohren etwas fremd klang, so verstanden wir doch die Botschaft des Chorals. Er endete mit den Worten: „Gottes Sohn ist Mensch geboren, hat versöhnt des Vaters Zorn." Der Chor musste noch mehrmals anrücken, bis der Choral klar und melodisch klang. Mit den Kinderstimmen bekam der Gesang eine besondere, helle Note. „Euch ist geboren ein König der Ehren." Diese Botschaft der Engel sangen wir mit voller Überzeugung und mit ganzem Herzen. Sie schallte von der Empore herunter und musste doch bei den Zuhörern ankommen.

Je näher der Heilige Abend rückte, desto aufgeregter wurden die Pfarrerskinder. Sie waren natürlich besonders gespannt auf ihre Geschenke. „Welche Überraschungen werden wohl auf meinem Gabentisch liegen? Was wird das Christkind mir wohl bringen?" Marie hatte sich eine Puppe gewünscht, die singen kann. Dazu ein kleines Körbchen, das Marie an die Lenkstange ihres Rollers klemmen will. Dann kann sie ihre singende Puppe dort hineinsetzen und mit ihr durchs Dorf fahren.

Mutter besorgte zu Weihnachten für jedes Kind ein neues Teil zum Anziehen. Schon im Oktober wälzte sie den Modekatalog vom Versandhaus Wenz in Düsseldorf. Die Kleidungsstücke aus diesem Modehaus hatten besonderen Schick, waren aber nicht zu teuer. Wenn der Postbote im Dezember wieder einmal ein Paket ablieferte, waren die Kinder ganz gespannt. Mutti musste uns die Kleidung anprobieren lassen, ohne dass wir diese sahen. Marie erzählt weiter: „Also rief mich Mutti ins Eckzimmer und verband mir die Augen mit einem Schal. „Das Christkind hat schon was Schönes für dich ausgesucht", erklärte sie mir. Ganz vorsichtig zog Mutti mir ein Kleidungsstück über den Kopf. Es musste ein Kleid sein. Der Stoff fühlte sich warm und weich an. Ein kleines bisschen konnte ich unter dem Schal hervor spitzen. Da erkannte ich das Muster auf dem Kleid, es waren blaue und weiße Streifen, ein Matrosenkleid. Es passte, vorsichtig wurde es wieder ausgezogen. Glücklich verließ ich das Zimmer.

Drei Tage vor dem Heiligen Abend wurde das Wohnzimmer zugesperrt, denn das Weihnachtszimmer sollte hergerichtet werden mit den Gabentischen, dem Tannenbaum und dem langen Esstisch. Unsere Anspannung und Freude war riesengroß. Wir stellten uns auf die Treppe und hofften, etwas von den geheimnisvollen Dingen im Weihnachtszimmer zu erspähen, sobald die Tür aufging. Schade, von den Geschenken war nichts zu sehen, der Gabentisch war mit einem weißen Tuch abgedeckt.

Endlich war der Heilige Abend gekommen, und das lange, ungeduldige Warten fand ein Ende. „Kinder, zieht eure festlichen Sachen an, ich habe euch alles auf das Bett gelegt. Beeilt euch, ich muss den vier Mädchen noch die Zöpfe flechten. So, nun wird aber der Mantel angezogen, die Kirche wird sicher voll sein." Weil wir Kinder im Chor beim „Vier-Ecken-Singen" mitmachten, war unser Platz bereits gesichert. Das war ein festlicher Gottesdienst! Die Kerzen an den riesigen Tannenbäumen brannten, die Krippe war auf den Altarstufen aufgestellt, die Orgel brauste auf und leitete mit einem Vorspiel den Gottesdienst ein. Nun stellte sich der Chor auf und sang der Gemeinde die frohe Botschaft von Jesu Geburt zu. Ich höre die kleine Marie singen:

„Gottes Sohn ist Mensch geborn!" Das Mädchen war selber mit Herz und Sinnen dabei. Sie konnte nur erahnen, was es hieß, Gottes Sohn ist Mensch geworden, als kleines Kind im Stall von Bethlehem. Vater ging auf die Kanzel, schaute zu uns herüber und zwinkerte uns zu. Das sollte wohl heißen: „Das habt ihr gut gemacht, ihr Racker, alle meine Sprösslinge in einer Ecke."

Vater predigte gewaltig, er legte die Weihnachtsbotschaft aus. Als er „Amen" sagt, hörte man das Scharren von Füßen, ein Räuspern und Husten. Die Menschen hatten so lange stillgesessen. Jetzt würden sie gerne sobald wie möglich nach Hause gehen, zur Bescherung und zum Entenbraten. Zum Schlusslied standen alle auf. Der Organist zog die vollen Register: „Oh, du fröhliche, oh du selige Gnaden bringende Weihnachtszeit", klang es laut und vielstimmig. Die Kirchentüren wurden bereits geöffnet. „Welt ging verloren, Christ ist geboren", klang es hinaus in die Dunkelheit. Der Herr Pfarrer verabschiedete seine Gemeindemitglieder an der Tür und wünschte: „Frohe Weihnachten!"

Für uns Pfarrerskinder ist die Zeit des Wartens noch nicht vorbei. Bis Vater aus der Kirche kommt, vergeht eine weitere halbe Stunde. Aber dann ist es soweit, Vati ist ganz für die Familie da. Marie erinnert sich noch Jahre später genau an das festlich geschmückte Weihnachtszimmer: Wir Kinder stellen uns vor dem Weihnachtszimmer auf und horchen angespannt. Jetzt klingelt ein Glöckchen, die Tür geht weit auf, unsere Augen leuchten vor Glück. Mein Blick fällt als erstes auf den schönen Tannenbaum, der mit Glocken, Kugeln, Kerzen und Lametta geschmückt ist, das im Schein der Kerzen funkelt. Mutti sitzt am Klavier und spielt „Ihr Kinderlein kommet." Wir stimmen gleich mit ein. Jetzt erst sehe ich den Gabentisch mit den vielen Geschenken. Der Esstisch ist festlich gedeckt, mit den wertvollen Tellern und Gläsern. Wir setzen uns alle in die Sofaecke, und unser Vater liest die Weihnachtsgeschichte vor. Nach einem Lied und einem Gebet dürfen wir uns an den Tisch setzen. Jetzt tischt Mutter das Weihnachtsessen auf. Es gibt Koteletts, Kartoffeln und Bohnensalat, zum Nachtisch eingemachte Birnen mit Sahne. Das Essen unter dem Tannenbaum hat allen gut geschmeckt."

„So, und nun darf jedes Kind seine Geschenke auspacken. Marie, hier ist dein Platz auf dem Gabentisch, du kannst auch unter den Tisch schauen." Mutter schiebt das weiße Tischtuch etwas zur Seite, und was sieht das Mädchen? Einen Roller! Ist der für mich?, denkt sie. Kaum zu glauben. Der Roller ist zwar nicht mehr neu, aber ganz frisch repariert. Die Reifen sind prall aufgepumpt, das Trittbrett und die Lenkstange haben einen blauen Anstrich, und die Klingel glänzt wie poliert. Da muss der ältere Bruder am Werk gewesen sein. Marie schaut freudig zu ihm hinüber und zeigt auf den Roller. Der Bruder nickt und lacht. Das

Beste am Roller hat Marie noch gar nicht entdeckt. Vorne an der Lenkstange hängt ein kleines Körbchen. Nun fehlt nur noch die Singpuppe, denkt sie im Stillen. Auf dem Gabentisch liegt noch ein längliches Päckchen. Marie öffnet es erwartungsvoll. Es ist eine hübsche Puppe darin, mit schwarzen Haaren und braunen Augen, die sie auf- und zumachen kann. Aber singen? Nein, die Puppe gibt nicht einen Ton von sich. Marie lässt sich die Enttäuschung nicht anmerken, es ist ja eine sehr schöne Puppe. Das Mädchen hat schon einen Plan. Sie wird die Puppe in das Körbchen vorn im Roller setzen, im Garten und im Hof herumfahren und selber schöne Lieder singen. Marie weiß zwar nicht, was ein Kompromiss ist, aber sie hat selber eine Lösung gefunden, um mit dem unerfüllten Wunsch zurechtzukommen. Erst viel später, im Erwachsenenalter, hat eine einfühlsame Nachbarin Marie eine Puppe geschenkt, die singen kann, und ihr damit einen Kindheitstraum erfüllt.

Aber schauen wir wieder ins Wohnzimmer der Pfarrersfamilie. Da geht es lebhaft zu! Jedes Kind hat einen fahrbaren Untersatz bekommen, ein Dreirad, einen Roller oder sogar ein Fahrrad. Natürlich will Marie ihren schönen Roller gleich ausprobieren. Aber da sieht sie noch ein Päckchen auf dem Tisch liegen. Das wird das Kleid sein, das sie bereits anprobiert hat. Wie Marie richtig vermutet, wickelt sie aus dem Geschenkpapier ein blau und weiß gestreiftes Kleid aus. „Zieh das Kleid doch gleich mal an", sagt Mutti. Sie freut sich selber, dass ihre Kinder so glücklich und zufrieden sind. Mutter hilft Marie in das neue Kleidungsstück, es passt perfekt. Vati sagt staunend: „Mein Mädchen sieht aus wie eine junge Dame." Marie dreht sich stolz im Kreis und lacht: „Eine Dame bin ich noch lange nicht." Neben den schönen Geschenken findet jedes Kind einen Weihnachtsteller gefüllt mit Plätzchen, Nüssen, Schokolade und einer dicken Apfelsine. „Danke, liebes Christkind", höre ich Vater sagen. Er hat eine Kiste Zigarren bekommen, Strümpfe und einen Schal. Wo ist eigentlich der siebente Sprössling, der kaum sechs Wochen alt ist? Er schläft bei dem ganzen Trubel ruhig in seinem Tragekörbchen. Der Kleine ist die vielen Stimmen gewöhnt und freut sich, wenn die Geschwister um ihn herum sind. Er wacht auf und schaut staunend zum glänzenden Tannenbaum hinüber. Was hier alles vor sich geht? Im nächsten Jahr wird er bestimmt tüchtig mitmachen können. Noch geht es hoch her im Pfarrhaus. Marie fährt mit ihrem Roller im Flur und Esszimmer herum und stößt fast mit dem Dreirad zusammen. Jetzt kommt auch noch die große Schwester mit ihrem Fahrrad um die Ecke gesaust. „So, jetzt ist für heute Schluss, bevor es hier einen Zusammenstoß gibt!", ruft Mutter.

Inzwischen ist es spät geworden. Auch der schönste Abend geht einmal zu Ende. Alle Kinder sind glücklich und träumen von ihren Geschenken unter dem Tannenbaum. Als die Eltern einen Rundgang durch die Schlafzimmer machen, flüstert Vati: „Wie friedlich unsere Kinder schlafen. Schatz, du hast alles so liebevoll vorbereitet." Und er nimmt seine Frau behutsam in die Arme.

Die Weihnachtstage sind gefüllt mit Gottesdiensten, Musizieren, Spielen, Singen, Roller fahren und gutem Essen. So vergehen die Feiertage wie im Fluge. In unserer Familie gibt es noch einen dritten Festtag, einen Geburtstag. Es ist Marie, die ihren Geburtstag im Winter feiern darf. Das Mädchen ist wie immer früh wach, darf aber noch im Bett liegen bleiben bis die Familie zum Gratulieren kommt. Jetzt rührt sich etwas vor ihrer Tür, die Geschwister stellen sich davor auf, mit einer Kerze in der Hand. Singend kommt die Familie ins Zimmer und wünscht „Viel Glück und viel Segen!" Mutti hat einen Becher Kakao zubereitet, den Marie im Bett trinken darf. Wie gemütlich! Danach gibt es ein Geburtstagsfrühstück. Auf dem Geschenktisch liegt ein Päckchen bereit. „Das darfst du auspacken, Marie." „Oh, wie schön!" Im Päckchen, noch original von Wenz eingepackt, liegt eine blaue Strickjacke, passend zu Maries Kleid. Mutti hat wirklich Geschmack und Marie kommt sich richtig schick vor. Außerdem bekommt die kleine Leseratte noch zwei Bücher geschenkt, die Vati ausgesucht hat. Wie alt ist das Mädchen Marie eigentlich? Sie ist nun stolze zehn Jahre alt. Auch dieser Festtag geht zu Ende und der Alltag kehrt wieder ein. Der Tannenbaum kann noch etwas stehen bleiben, bis er anfängt seine Nadeln zu verlieren. Die Plätzchendosen sind nahezu leer, doch vom Christstollen kann Mutter noch manche Stücke herunterschneiden. Sie hatte sechs große Exemplare gebacken.

Die wenigen Tage bis Neujahr nutzt unsere ordentliche Mutter, um im Haus aufzuräumen, zu putzen und die Wäsche zu waschen. Marie kann schon bei manchen Hausarbeiten ihrer Mutter zur Hand gehen, sie tut es gerne. Vati sitzt im Arbeitszimmer an seiner Predigt. Silvester ist der letzte festliche Höhepunkt im Jahr. Der Gottesdienst am Altjahrsabend findet spät statt, deshalb gehen nur die Großen in die Kirche. Am Nachmittag hat der Posaunenchor seinen großen Einsatz. An verschiedenen Stellen im Ort spielen die Posaunenbläser Weihnachtslieder und Choräle, auf dem Marktplatz, am Uhrturm, im Schlosspark und zuletzt vor der Evangelischen Kirche. Mutti öffnet das Fenster im Mädchenzimmer, so schallt der weihnachtliche Klang bis ins Haus.

Marie erkennt die Melodie des nächsten Liedes: „Jesu, geh voran auf der Lebensbahn, und wir wollen nicht verweilen dir getreulich nachzueilen." Dieser Vers passt gut für das neue Jahr.

Die Kinder gehen zur gewohnten Zeit zu Bett. „Weckt mich aber bitte, wenn das Silvester-Leuchtfeuer beginnt, um zwölf Uhr", sagt Marie. Diesen Spektakel möchte sie sich nicht entgehen lassen. Die Turmuhr schlägt zwölf Mal. Wie versprochen weckt Mutti die Kinder. Sie laufen schnell auf den Speicher, denn vom Dachfenster aus hat man einen weiten Blick über die Dächer von Dierdorf bis in den freien Himmel. Dann geht das Leuchtfeuer los. Rote und gelbe Leuchtkugeln steigen zum Himmel auf, gefolgt von einem Sprühnebel mit goldenen Sternen, dazwischen kracht und zischt es. „Schön, aber doch irgendwie unheimlich", so empfindet es Marie. Langsam gehen die Lichter am Himmel wieder aus, nur der Mond wirft sein schwaches Licht durchs Fenster. Im Pfarrhaus ist es ruhig geworden, alle schlafen tief und fest. „Morgen beginnt das neue Jahr", denkt Marie bevor sie einschläft.

So geht ein erfülltes und ereignisreiches Jahr zu Ende. Wir konnten Marie begleiten und immer wieder einen Blick in das bewegte und fröhliche Leben der Pfarrfamilie werfen. Lassen wir Marie noch weitere Jahre ihre Kindheit genießen, in dem beschaulichen Städtchen Dierdorf im Westerwald, das ihr zur Heimat geworden ist. Dieses Mädchen mit den langen Zöpfen und den blauen Augen lacht und ruft uns zu:

> Was gibt es Schöneres und Besseres als
> **„Eine fröhliche Kindheit!"**

Heidemarie Steigerwald

Die Autorin

Heidemarie Steigerwald, geboren 1948 in Krefeld, ist in einer Geschwisterreihe von sieben Kindern das vierte Kind. Die Autorin konnte zweiundvierzig Jahre ihren Traumberuf als Lehrerin ausüben, viele Jahre an einer evangelischen Schule. Mit Herz und Seele widmete sie sich der Arbeit mit Kindern und vermittelte dabei ihre tiefe Liebe zur Literatur und begeisterte mit lebendigen Erzählungen.

Nach der Veröffentlichung von zwei Kurzgeschichten ist „Eins, zwei, drei, vier, fünf, sechs, sieben – Eine fröhliche Kindheit" das erste Buch der Autorin. Darin erinnert sie sich an Impressionen ihrer eigenen Kindheit, die sie im Städtchen Dierdorf im Westerwald verbrachte.
Heidemarie Steigerwald ist verheiratet und lebt heute in der Altmühlstadt Herrieden in Mittelfranken.